U0055419

操縱彩虹的少年

東野圭吾

王蘊潔 譯

導讀——

光戲，光訊，光能

歷史學家．科幻作家／葉言都

大王當知，是天中天所放光明，是光無根無有邊際，非熱非冷、非常非滅、非色非無色、非相非無相、非青非黃、非赤非白。欲度眾生，故使可見、有相可說，有根、有邊、有熱有冷、青黃赤白。大王！是光雖爾，實不可說、不可睹見，乃至無有青黃赤白。

《大般涅槃經　卷二十》

上帝說：「要有光」；就有了光。

《聖經．創世紀　第一章第三節》

「不早了，還要回去趕寫一份報告，下個月再見。」再見甫說出口，她已完全消失不見。原來她坐的座位四周，空氣似乎流動得特別迅速，彷彿有一層透明的網逐漸收緊。但這也僅僅是一剎那間的異狀，一切迅速恢復正常。

張系國《傾城之戀》

觸靈娘解開黃色的同心結，褪去葫蘆形琴箱的紫衣，抱起感應琴，琴身立刻閃耀出七彩光芒，宛轉流動，琴體的邊緣在光影中變幻不定……她修長的手指彈出時彷彿白鷺鷥伸展的羽翼，撥回時則像白山茶含苞的花瓣，感應琴的光芒也隨之消長飄移，有如地球極地夜空中變幻不定的極光。

葉言都《觸靈娘》

古往今來提到「光」的著作不少，以上只是隨手拈來的幾個例子；然而把「光」設定為全書關鍵，以此作為不可或缺元素的書並不多，東野圭吾的《操縱彩虹的少年》可謂鳳毛麟角。

這也是一部講符號、溝通、喚醒與啟蒙的小說。要深入讀，就要從符號與溝通說起。

人與人之間的溝通、思想的擴散、知識的傳播都要靠：

一、媒介。

二、搭載內容的符號系統。

溝通傳播的媒介，必須大家都能感知，在我們這個世界，最常用的是圖像（包括文字）與聲音，其他尚有氣味、味道與凹凸不平的觸感。圖像媒介靠的是可見光的反射，聲音媒介靠的是空氣的震動，它們都可以經由本身的變化，搭載極多內容。圖像媒介搭載的內容，包括文字、圖畫、影片等等，聲音媒介搭載的內容，包括語言、音樂等等。

那麼，除此之外，有沒有可能存在著另外的溝通傳播媒介，也可以搭載足以產生重大效果的內容，凡人卻不知道，只能等待極少數天才的啟蒙？

東野圭吾在他的這部力作中顯然假設有，這種神秘的媒介與所含的神秘內容，就是光的變化。

《操縱彩虹的少年》裡的世界就設定在現代，最多只是與現代距離很近的未來。一個具有特異功能的少年是男主角，最初他憑藉一套電子器材，把喚醒與啟蒙的資訊化轉成光，在夜晚特定的時間對外傳播，然後他把光用音樂的規律演出，稱為「光樂」。隨著不斷有人接收到訊息，感受到召喚的人越來越多，終於量變造成質變，群眾開始行動，一個新時代就此展開……

這部小說提供的聯想空間非常大，每讀一段，都很容易發現一些相關的元素，足以產生使人暫時放下書，去查清楚、想明白的衝動，例如：

● 人體能力開發及其普遍化
● 同步律
● 光的音樂旋律化
● 各宗教聖人的發光現象
● 生物光子
● 基利安攝影術（Kirlian photography）

等等，充分展現科幻的魅力，等待讀者發掘。

若論這部書談得不夠的地方，第一結尾嫌倉卒，第二應該是故事的敘述只以日本為範圍。以今天大眾、小眾傳播媒體的發達與氾濫，要是真有人能演出光樂，轟動的範圍應該是全世界。至於外星人會不會也接收到這種光的訊息，派出飛碟到地球查個清楚，就請各位讀者自行聯想吧。

1

爆裂聲在暗夜中迴蕩。數十盞車頭燈以最前面那輛車為頂點，形成一個細長等腰三角形，在幹線道路上向東移動。那不是四輪的汽車，全都是機車，也沒有任何一輛機車上有兩個人，所有人都靠自己的力量在道路上奔馳、戰鬥。這是這個團體堅持的原則。

所有的機車都統一成黑色，因為他們相信，黑色是象徵強大的顏色。不光是車體，每個人也都一身黑裝，但不是黑色皮夾克之類的，而是黑色的戰鬥服。安全帽也同樣是黑色。

他們還有另一個特徵。那就是車頭燈的顏色。所有車頭燈都經過特殊加工，每一輛的顏色都有微妙的差異，所以當遠遠望向他們行駛的隊列，彷彿看到錦鯉在水中游。

今天晚上，他們要前往他們口中的R地區展開久久一次的破壞行動。

他們進入這個區域不久，就撞見了當地的飆車族。那是典型的舊團體，只會一個勁地空轉引擎、按喇叭，大聲叫囂，鬥毆時也只會揮動鐵管和鐵鍊。

這群黑色團體運用了超群的飆車技術閃過了對方原始的攻擊模式，並伺機丟了一顆炸彈。那是他們所持有的炸彈中最小的一個，但當炸彈爆炸時，對方那些人立刻像在薩凡納大草原上遇到獅子的小動物般鳥獸散。

黑色團體在附近巡邏後，回到了自己的地盤。

相馬功一騎在團體中間的位置。雖然他們看似隨興而行，但其實每個人在隊列中都有固定的位置。

功一在一年前加入這個團體。他從高中輟學後整天無所事事，每天獨自騎車上路，然後就受邀加入了他們。

「我們和普通的飆車族不一樣。」團長用低沉的聲音對功一說，他的一頭黑髮往後梳，好像戴了一個頭盔，「那些人只是像中年大嬸般歇斯底里，竟然還有人胡扯那是什麼青春。青春、青春。那是什麼屁話，噁心得讓人反胃！」團長吐了口口水後繼續說道：「我們支配黑暗，也可以說是在管理黑暗，黑夜屬於我們，所以我們穿黑色衣服，騎黑色機車，我們沒有任何色彩，拒絕外界所有的光。」

那個團體名叫「假面摧毀團」。他們質疑現代的社會結構，以摧毀這種結構為終極目標。他們對自己是新型飆車族感到自豪，鄙視那些為了滿足慾望而從事暴力行為的飆車族，稱他們為舊團體。他們目前的工作就是清除那些舊團體，他們主張必須從他們這個世代開始改變。

功一加入後的一年期間，假面摧毀團內共有十六名成員遭到逮捕，但幾乎有相同人數的新成員加入，這些人大部分都是來自舊團體。

每個人加入的動機各不相同，但大部分都是因為覺得很帥氣。對傳統飆車族行為感到厭倦的人，也許對新團體某些看似禁慾式的做法產生了憧憬。當然，也有不少人的理由更簡單，有人只是覺得黑色制服很酷。

然而，功一最近對一件事無法釋懷。雖然假面摧毀團聲稱是為了摧毀當今的社會結構而自然形成的團體，但他最近開始懷疑這件事。因為他強烈地認為這個團體被某種肉眼無法看到的力量所控制。

他之所以會產生這種想法，是因為不光是這個地區出現了新團體，全國各地都陸續出現了有相同主義和主張的鬥爭團體。這些團體之間並沒有橫向的聯繫，只是他對在全國各地剛好同時出現像「假面摧毀團」一樣的團體產生了質疑。團長說，這些團體都是因應時代的需求而誕生的，果真如此嗎？當然，即使是因為某種力量創造了這些新團體，他也不知道到底要發揮什麼作用。

假面摧毀團行駛在穿越新興住宅區的幹線道路上，不一會兒，後方有一輛、兩輛機車開始脫隊。這也是團體的特徵之一。既沒有集合，也沒有解散，只是到了某個時間，就會不約而同地聚集，然後自動解散。

相馬功一也準備離開了。他漸漸放慢速度，退到隊列的後方，然後離開了集團，獨自向左轉入了岔路。

那是一條緩和的上坡道，是知名建商建造的一整排相同外觀的住宅。功一家位在坡道的最上方，因為他父親喜歡居高臨下的感覺。他討厭父親。

他在家門前下了機車，但並沒有立刻走進家門，而是眺望著眼前的那片夜景。各式各樣形狀的光點綴黑暗的景象的確很美。

他的眼睛捕捉到一道光。他定睛細看，然後從衣服胸前口袋拿出了一個小型望遠鏡。又是那道光。他在心裡小聲說道。

他在上週發現那道光。在路燈、霓虹燈和住家窗戶燈光中，有一道異樣的光。那道光並沒有很強烈，只是注視那道光之後發現，光並不是固定不變，顏色和閃爍的方式不斷發生變化。

功一用望遠鏡看著那道光。光似乎來自某棟建築物上方，不一會兒，那道光奇妙地閃爍起來，注視片刻之後，功一放下了望遠鏡。

（來這裡吧。）

那道光似乎在小聲呼喚他。

怎麼可能？功一收起望遠鏡，放進了口袋，獨自苦笑起來。一定是新型的霓虹燈，不需要在意。他打算把機車推進車庫，但忍不住再度回頭。

那道光還在相同的位置，這一次即使沒有使用望遠鏡，他也清楚聽到了和剛才相同的呢喃。來這裡吧。來這裡吧。

功一騎上機車，再度發動了引擎。

志野政史好不容易解開數學難題後，發現了那道光。他這天也和平時一樣，獨自溫習功課到深夜。

他是高中二年級的學生，但已經認為自己是考生。他打算考大學，並為了這個目標用功讀書，所以也理所當然地這麼認為。這也是他父母的想法，因為他們對這個獨生子抱有莫大的期望。距離考大學還有一年九個月，他和他的父母都認為時間所剩不多了。

政史從小就夢想成為一名優秀的醫生，繼承父親的事業。不，其實那並不是他的夢想，而是他父母的夢想，只是他至今仍然沒有察覺這件事。他的父母很擔心兒子擁有自己的夢想，所以在他有自己的夢想之前，就把他們的希望深植在兒子的意識中。

但是，政史對目前的狀況並沒有感到太大的不滿，他目前的人生目標，就是一級一級走上父母為他準備的又長又陡的階梯。他覺得這樣的生活也很舒服，順利時也會有充實感和成就感。不需要自己作決定的輕鬆支撐著這份快感，他不時站在目前的位置往後看，為自己已經走完了一大段階梯感到沉醉。

只不過他最近陷入了瓶頸。專注力無法持續，成績也始終無法進步。之前遇到像剛才解出的那道數學難題時，解題都更加輕鬆。因為他無法專心思考，所以腦筋也越來越不靈光。

政史按著太陽穴。他越來越心浮氣躁。

他很清楚造成目前這種狀況的原因。因為他整天都在想清瀨由香。他打開書桌抽屜，拿出升上二年級時，全班一起拍的照片。他們班上有二十名男生，十八名女生。清瀨由香站在三排女生的中間位置。

略帶有栗色的長髮很自然地披在肩上，不知道是不是拍照時的習慣，她的鵝蛋臉微微偏向右側，一雙大眼睛好像從照片中注視著政史。

她坐在政史的斜前方。只要他看黑板時，就會看到清瀨由香，所以他這一陣子上課時經常看著清瀨由香的後脖頸出了神，忘記把老師寫在黑板上的內容抄到筆記本上。

他的媽媽格外警惕他對女生產生興趣，因為她深信會影響功課。今年新年，收到班上女生寄來的新年賀卡時，媽媽臉色大變地質問他。那個女生是誰？為什麼要寄賀卡給你？你們在學校很要好嗎？在得知那個女生寄了賀卡給全班所有的同學之前，媽媽一直用磁鐵把那張賀卡貼在冰箱門上。

不需要媽媽提醒，政史也知道現在不可以喜歡女生。不可以做這種事，必須趕快忘記。必須甩開雜念，專心讀書，然而，無論他怎麼壓抑克制，都無法阻止清瀨由香的臉浮現在腦海。尤其他最近對性產生了強烈的好奇心，和他對清瀨由香的感情產生了加乘的效果，必須費不少力氣才能平靜肉體的慾求。他經常想著由香自慰，而且自慰的頻率有逐漸增加的傾向。這件事令他產生的自我厭惡，也讓他感受到極大的心理壓力。他把照片放回抽屜後，發現自己的右手再度伸向了褲襠，不禁感受到強烈的罪惡感。

他起身打開窗戶。雖然已經五月了，但夜風仍然很冷。他覺得只要吹吹風，頭腦就會清醒。

就在這時，他看到了那道光。對面的房子之間，有一道奇妙的光。在看到那道光的瞬間，政史感覺到自己的心臟用力跳了一下。他定睛細看，發現那道光來自比他想像中更遙遠的地方。

那是什麼光？光的顏色不斷變化，閃爍的方式也沒有固定的規律，好像在對他訴說什麼。

他站在窗邊，持續看著那道光。當光消失時，他看了一眼時鐘。剛好是凌晨三點整。他已經看了那道光超過三十分鐘。

他關上窗戶，坐在書桌前，感受到一種奇妙的爽快，覺得自己可以專心讀書了。事實上，他關上窗戶後，開始做英文閱讀理解題到凌晨五點，中間完全沒有休息。他已經很久沒有這麼專心讀書了。

翌日晚上，他打開窗簾坐在書桌前。每次停下筆，就看向窗外。他期待今天晚上也可以看到那道光。

那道光果然在凌晨兩點出現了。在和昨天相同的位置，同樣閃爍著照了過來。政史把椅子移到窗前，觀賞了那道光整整一個小時。之後，他和昨天一樣感到神清氣爽，身體內側湧現了力量。

那天之後，他每天凌晨兩點到三點的這段時間，都會觀賞那道神秘的光。他並沒有告訴父母這件事。雖然並不覺得自己在做壞事，只是覺得不可以告訴別人。父母並沒有對他起任何疑心，政史反而曾經聽到父母的對話。「最近那孩子的眼神和之前不一樣了，看來終於知道該好好讀書了。」「那當然啊，距離考試已經不到兩年了。」他也發現自己內心發生了微妙的變化，看到那道光之後，覺得內心的煩惱都只是微不足道的小事，也覺得自己變得更積極了。在他看到那道光的十天後，終於和清瀨由香說了話。雖然只是不值得一提的閒聊，但那比解出數學難題更加倍感到滿足。

那道光可能具備了改變人心的力量。他隱約產生了這種想法。

他當然很好奇那道光的來源。到底是誰、為了什麼目的發出那道光？為什麼那道光具有如此神奇的力量？

某天晚上，政史終於採取了行動，決定去解開自己內心的疑問。也許是那道光的力量，激發了他的行動力。

小塚輝美等不到凌晨兩點，就迫不及待地悄悄來到陽台上，拿起父親的望遠鏡觀察。但可能時間太早了，她並沒有發現自己尋找的東西。

「原來很精確準時啊。」輝美忍不住嘀咕道。今天已經是第四個晚上，那道光每晚都會在凌晨兩點準時出現。

她是在一個偶然的機會看到那道光。那天晚上，她從客廳悄悄來到陽台，想要一死了之。這裡是五樓，下方是只有在柏油路面上畫了格子的停車場。只要縱身一跳，就可以毫無痛苦地離開這個世界。

那天傍晚，母親和祖母大打出手。原因只是芝麻小事。母親和祖母的冷戰狀態已經達到了極限，雙方都在等待內心的憤怒大爆發的機會。

聽親戚阿姨說，在目前就讀中學一年級的輝美出生之前，她們婆媳關係就已經鬧僵了。當時，小塚家住在從祖父那一代就開始住的房子，輝美的母親嫁給她父親時，也和公婆同住。輝美的祖母凡事都要按照傳統規矩辦理，和喜歡按照合理方法處理問題的輝美母親發生了衝突。

不久之後，輝美的父親買了這棟公寓，一家三口在這裡生活，但平靜的生活並沒有持續太久。隨著祖父去世，輝美的父親不得不把祖母接來同住。輝美的母親當然大力反對，但父親執意這麼做。輝美不太清楚當時的情況，但據說父親不願錯過用祖父的房子賣掉後的那筆錢償還貸款的機會。

祖母來家裡時，輝美讀四年級，她清楚地記得母親站在門後，露出鬼面具般若一樣的表情瞪著祖母把老舊的家當接二連三地搬進來。母親自言自語地說，家裡只有三房一廳，這麼小的地方，老太婆竟然要搬來同住。死老太婆一定會活很久。真是要命了，今天晚上要煮什麼菜，就夠讓我頭痛了。都是爸爸的錯。我還是出門工作好了，但她肯定又會囉哩叭嗦。真希望她早點去死。

輝美來到戶外，握起小手向太陽祈禱，希望媽媽和奶奶不要吵架，希望大家能夠和和樂樂。

但是，年幼的她所許的願並沒有成真。祖母搬來的當天，就對晚餐的口味百般挑剔，祖母和母親大吵一架。祖母猛然站了起來，走回了自己的房間。祖母離開時動作太猛，飯碗從桌上滑落，應聲碎裂了，裡面的米飯也都撒在地上。輝美覺得這個畫面似乎預示了這個家庭的未來，成為一個黑暗的畫面，深深地烙在她的眼中。父親始終低頭不語，默默吃著飯。

那天之後，母親和祖母雖然同住在一個屋簷下，卻無視對方的存在。兩個人完全不說話，有必要時，必須透過父親或是輝美說話。有時候她們兩個人都在現場，卻要由她當翻譯。

「妳們不要再吵了啦。」她不知道為這件事哭過多少次，祖母和母親每次都有點尷尬，但雙方都不願讓步。父親似乎已經放棄解決這種狀況，他每天下班回家的時間越來越晚，想要逃避家中劍拔弩張的氣氛。

不久之前，炸彈終於爆炸了。輝美從小到大，甚至沒有看過男人打過架，卻像在作惡夢般，看著母親和祖母扭打在一起。兩個人可怕的嘴臉讓她難以相信她們是自己的家人。

那天晚上，母親衝出家門，祖母回到自己的房間，好像著了魔似地不斷誦經。父親很晚才回到家，看到日常用品散亂的房間，立刻知道發生了什麼事，但他並沒有設法解決問題，而是拿了威士忌和杯子坐在桌子旁，啃著魷魚乾，慢慢喝著酒。

輝美上了床也遲遲無法入睡，淚水不停地流。

好想死。她突然浮現這個想法，而且覺得是一個好主意。只要自己死了，也許他們會反省自己的行為。

於是，輝美搖搖晃晃地走到陽台。她並不怕死，甚至想像著媒體會報導自己的死亡消息。少女因家庭不和深陷痛苦而自殺。她希望到時候會是這樣的標題。

當她握著陽台的欄杆時，發現視野角落閃著光。她轉頭看向那個方向。那道光再度閃爍著。劈喀、劈喀、劈喀哩地閃爍著。

光的節奏很奇妙、很溫柔。來自遠處的光好像是在為自己而閃爍。劈喀、劈喀、劈喀哩。打起精神，千萬不要認輸。

輝美看著那道光，感到自己的心情漸漸平靜。委靡的精神重新振作起來，更覺得自己前一刻想死的念頭太無聊了。

接下來的兩天，她都傾聽到光的呼喚，但光太遙遠了，無法看清楚微妙的變化，所以她今晚準備了望遠鏡。

到了凌晨兩點，光像往常一樣開始呢喃。輝美調整了望遠鏡的焦點，注視著那道光，終於捕捉到肉眼無法看到的無數種顏色組合在一起，發出了細膩而又複雜的閃爍。

漸漸地，她感受到那道光在呼喚她。

「來這裡吧，快來這裡。」

「下個月改到星期四。」

木津玲子正在穿絲襪時，床上的男人對她說。

玲子轉頭問他：「你星期五不方便嗎？」

「嗯，因為有一些事。」

「原來『老師』不方便。」

「妳少廢話。」男人伸手拿了放在枕邊的皮包，從裡面拿出信封，丟到玲子的屁股旁。「這是這個月的。」

「謝啦。」

玲子拿起信封，指尖可以感受到信封的厚度。她覺得這種打工方式很不錯，而且可以去普通學生沒錢去的高級餐廳吃晚餐。

玲子對這個男人一無所知，只知道他有錢可以包養年輕女生。他自稱姓「會津」，但玲子不認為那是他的真名。他有時候會在飯店打電話，好幾次聽到他提到「老師」這兩個字，玲子當然從來沒問過他老師是誰。

「那我就先走了。」

玲子穿戴整齊後，轉身向男人打招呼。

「嗯。」男人點了點頭。

她打開套房的門，來到走廊上。在門關上之前，她聽到男人拿起電話的聲音。她猜想男人又要打電話給「老師」了。

離開飯店後，她也不想馬上回家。她走進經常去的那家酒吧喝了一杯，才攔了計程車回家。她獨自喝酒時，有三個男人先後來向她搭訕，都被她打發走了。

回到公寓時，已經凌晨兩點了。她沒有開燈，拉開了房間的窗簾。她的房間位在五樓，而且公寓本身就建在高地上，可以眺望城市的遠方。每次和那個男人見面回到家，站在這裡看夜景已經變成了她的習慣，她覺得這個行為可以讓她找回自我。

當她抽完一支菸時，發現了那道光。

玲子定睛細看，發現那道光和霓虹燈不一樣。顏色不同，發光的方式也不同，好像是從某棟建築物，像是學校的屋頂上發出的光。

玲子注視著那道光，發現自己的心情漸漸振奮起來。她也不知道為什麼會從那道光中感受到這樣的魅力，只是她回想起之前好像也曾經感受過這種振奮。到底是怎麼回事？之前是什麼時候？

——對了，就是那個時候。

她想了一下，終於想起來了。那是她讀高一，第一次去聽搖滾演唱會時，也曾經有過相同的感覺。

那已經是兩年多前的事了。

當時的感動和懷念漸漸甦醒，但她搖了搖頭，克制了這些回憶。

——莫名其妙，我這是怎麼了？只不過是光而已。

玲子拉起了窗簾。

2

白河家的兒子除了成為他名字由來的那件奇妙的事以外，在三歲之前都很平凡、平順地長大。

至於那件奇妙的事，也沒有人能夠證明是否實際發生過，而且也幾乎沒有人相信。因為只有父親白河高行一個人目擊了當時的狀況。

高行任職於某家製藥廠，是負責設計生產工程的技術人員，兒子出生時，他還在上班。他接到電話後，知道自己有了兒子。他握著電話，另一隻手做出勝利的姿勢，一旁的同事猜到了是什麼事，紛紛鼓掌向他道賀。

正在加班的他立刻趕往醫院，在病房內見到了筋疲力竭的優美子和她的母親。剛才是他的岳母打電話通知他。

兒子在新生兒室。高行安慰了優美子幾句，就走出了病房。

站在走廊上，可以隔著玻璃窗戶看到新生兒室的情況。新生兒室內躺了五個嬰兒，每個嬰兒旁都放著寫了母親名字的牌子，高行想要尋找「白河優美子」的牌子。

但是，眼前發生了令人難以置信的事。

五個嬰兒中，有一個嬰兒身體發出光芒。說不清是什麼顏色，如果非說不可的話，有點像是白光，那團光包圍了第三個嬰兒。高行揉了揉眼睛再度凝視，這時，光已經消失了，但他看到那個嬰兒旁的牌子上寫著優美子的名字，確信剛才所看到的並不是自己眼睛產生的錯覺。

他再度打量兒子，覺得很像優美子。

回到病房後，高行把看到光的事告訴了優美子她們，優美子躺在床上呵呵笑了起來。「你這麼快就開始溺愛兒子了。」

岳母也笑了起來。

「但那時候我並不知道那個嬰兒是我們的兒子啊。」高行生氣地說。

「那乾脆為他取名叫光好了。」優美子提議道。

「還真隨便啊。」

高行苦笑著說，但覺得使用「光」這個漢字也不錯。

三天後，他決定了兒子的名字。他為兒子取名叫光瑠，發音為「mi-tsu-ru」。

「不是和光差不多嗎？」優美子說，但隨即點了點頭說：「不過，真是個好名字。」

那時候是初夏，白河夫婦從此展開了無比幸福的生活。雖然第一次養育孩子，難免手忙腳亂，但高行和優美子從來不覺得辛苦。

時光飛逝，轉眼之間，光瑠已經三歲了。

夏季的某一天，高行下班回到家，優美子滿臉喜悅地站在門口。她手上拿了一張畫紙。

「你看，這是光瑠畫的，我太驚訝了。」

「是喔，他畫了什麼？」他才脫了一隻鞋子，立刻接過了畫紙。

畫紙上用蠟筆畫了一個紅色長方形的東西。高行幾天前買了蠟筆回來送他。

「這是什麼？紅磚嗎？」高行苦笑著問。三歲的孩子只能畫出這種程度的東西，但當母親的仍然興奮不已。

「你看不出來嗎？我一眼就看出來了，一看顏色就知道了。」

「顏色？」高行再度打量畫紙，發現長方形的東西並非只是用紅色的蠟筆塗顏色而已，而是用幾種不同的顏色塗在一起。「我好像在哪裡看過這個顏色。」

「對不對？對不對？」優美子滿臉喜悅，「到底是什麼顏色呢？老公，你知道嗎？」

高行拿著畫沿著走廊走了進去，打開走廊盡頭的門，那裡是一間小客廳，連著開放式廚房和飯廳。他在餐桌旁的椅子上坐了下來，解開領帶，巡視四周。當他的視線移向廚房時，找到了答案。

「是冰箱嗎？」

「答對了。」優美子拍著手，「是不是很厲害？」

「嗯。」高行發出感嘆的聲音。畫紙上的顏色和他們家的冰箱顏色一模一樣，簡直就像是色卡。即使大人也很難畫出完全相同的顏色。

「為什麼畫冰箱？」

「他說顏色最漂亮。我看了他用過的蠟筆，發現八種顏色都用過了。你瞭解我的意思嗎？在他畫畫之前，那些蠟筆都是全新的，他為了畫冰箱的顏色，用了所有的蠟筆。」優美子雙眼發亮地說。

高行再度將畫紙和實際的冰箱比較，即使對比多次，仍然覺得兩種顏色完全相同。

「太厲害了。」

「對不對？」

「光瑠在哪裡？」

「在隔壁房間。」

高行打開紙拉門，探頭向隔壁的和室張望，看到了身穿水藍色背心的光瑠矮小的背影。光瑠蹲在和室中央，正全神貫注地在新的畫紙上畫著什麼。「你在畫什麼？」高行在他背後問道。

光瑠轉過身，露出燦爛的笑容，再度低頭畫畫。嚴格來說，他並不是在畫，而是用蠟筆塗顏色而已。他把一支又一支蠟筆從盒子裡拿出來，塗在畫紙上。

高行坐在他身旁，靜靜地等待，想知道他這次會畫什麼。畫紙被暗綠色，或者說是草綠色的顏色占據。高行巡視房間，立刻知道他在畫什麼。

是牆壁的顏色。這間和室牆壁的顏色和光瑠正在畫的顏色完全一樣。

高行把優美子叫了過來，優美子也立刻知道兒子在畫什麼。

「太厲害了，原來這個牆壁的顏色是用各種顏色混合起來的。」她拿起光瑠用過的蠟筆，語帶佩服地說道。

「不過真的有點奇怪。」高行說。

「什麼奇怪？」

「通常畫畫不是會畫某種形狀嗎？從來沒有聽過有小孩子對形狀沒有興趣，只塗上顏色而已。還是說，偶爾也會有這種小孩？」

「我也不知道，但這樣也很好啊，如果都和其他小孩子一樣太無趣了。」優美子心滿意足地注視著光瑠。光瑠專注地用蠟筆作畫，似乎並沒有聽到父母的對話。

之後，光瑠持續畫畫。雖然家裡還有很多其他玩具，但自從他有了蠟筆之後，就對其他玩具完全失去了興趣。高行第一次買給他的蠟筆在轉眼之間就變得很短，無法再繼續畫了，高行只能立刻買新的蠟筆。

光瑠畫的東西仍然是床罩、窗簾和枕頭這些普通孩子絕對不會畫的東西，這些東西的色彩都很鮮豔，似乎因此吸引了他的目光。他能夠在畫紙上正確重現那些色彩，他畫客廳地毯的時候最逼真，高行沒有察覺那張畫放在地毯上，還不小心踩到了。

「這孩子是天才。」有一次，優美子興奮地說，「他是繪畫天才。我曾經看過其他孩子的畫，每個孩子都只是隨便用現成的顏色，沒有人像光瑠一樣混合多種顏色，更何況他可以畫出和實際一模一樣的顏色。」她在說話時頻頻搖頭，「要不要為他報名參加電視上的兒童節目？」

「這算是繪畫才能嗎？」高行看著兒子的畫，偏著頭問。

「這當然是繪畫才能啊，就好像彈鋼琴，能不能夠正確分辨音色不是很重要嗎？我認為兩者是相同的意思。我覺得以後一定要讓光瑠走藝術的道路。我相信一定會讓眾人大吃一驚。」

優美子心血來潮地說道，就像世間所有對兒女的才華有過度評價的父母，獨自感到興奮不已。高行對兒子在色彩方面如此敏銳感到驚嘆的同時，也覺得有這種能夠寵愛孩子的理由也不錯。

除了這項特殊的才能以外，光瑠是一個文靜的普通小孩，只是高行覺得他似乎太寡言了，有時候兩、三天都沒有聽到他說一句話，但從他能夠理解複雜的表達方式，以及必要時懂得正確運用語言，就足以證明他的語言能力很優秀。高行認為光瑠可能有自閉症的傾向，所以才不喜歡說話。

但在光瑠上幼稚園後，這種不安也消失了。光瑠似乎和其他小朋友相處很愉快，高行從優美子的口中得知，幼稚園小朋友的家長也都很喜歡他。

「光瑠在幼稚園時經常說話嗎？」有一次，高行問優美子。

「老師說，他很少說話，但會正確回答老師提問的問題，所以好像沒問題。」

「是喔。不過男生不要話太多也比較好。」

「而且老師還說，不需要對光瑠說太多話。」

「什麼意思？」

「不是有一句成語叫做聞一知十嗎？老師說，只要對光瑠下達一個指示，他就會主動做好老師原本接下來要他做的事，好像知道老師在想什麼。」

「這是奉承話。」

「是嗎？我有時候也這麼覺得啊，雖然你一定會說這是情人眼裡出西施，癲痢頭兒子也最帥。」

「本來就是啊。」高行笑著斷言道。

但其實他也曾經有和優美子相同的感覺。比方說，之前的某個星期天，光瑠像平時一樣，在客廳的桌上畫畫。高行看了時鐘，發現客人快上門了。他打算和客人在客廳的沙發上聊天。

「光瑠。」他叫著兒子的名字。

光瑠抬頭看著高行。客人要來了，你去其他房間畫畫——高行打算對他這麼說，但光瑠自己收拾了畫紙和蠟筆，然後走去了隔壁房間。

高行以為光瑠知道有客人要來家裡，所以才會主動去隔壁房間，但優美子說，光瑠不可能知道這件事。

只能說，光瑠的直覺很靈敏。

上小學後，這方面表現得更加顯著。

「為什麼只有我家的小孩這麼特別？他到底像誰啊？」

優美子參加小學入學典禮回家後，興奮地對高行說。原來參加完典禮後，擔任光瑠那一班班導師的男老師特地叫住了她，問她是否在家用什麼特殊的方法教育光瑠。

老師之所以會這麼問，是因為在入學前舉行的智力測驗中，光瑠的成績在所有新生中遙遙領先。

優美子回答說，自己並沒有特別教他什麼，男老師輕聲嘀咕說，那應該是天生智商就很高。那句話聽起來並不是在奉承。

「那孩子認字的確很快，任何東西的名字，只要教他一次，就絕對不會忘記。我之前就覺得他比別的孩子聰明，但如果一直說，你又要笑我，所以我就沒提這件事，現在終於知道，我果然沒錯，光瑠和其他小孩子的腦袋不一樣。啊，太好了，如果是相反的情況，我一定會很難過，但為什麼呢？為什麼只有我家的小孩特別聰明？」優美子那一天的心情都很好，好像中了什麼大獎。不，她應該的確覺得自己中了大獎。

優美子回娘家祭祖時，也和她的母親聊起這件事。優美子的兄嫂和母親一起住在老家，他們有一個讀中學的兒子。優美子不好意思在他們面前一直稱讚光瑠，所以趁他們不在時，和母親聊起這件事。

母親既驚訝又欽佩地聽女兒說完後，想了一下說：

「可能是繼承了爸爸的基因。」

「爸爸？妳是說已經去世的爸爸？」優美子問。她的父親三年前罹癌去世了。
「不是，是妳爸爸的爸爸，所以是妳的祖父。」
「祖父也像光瑠一樣嗎？」
「我也是聽妳爸爸說的，所以不是很清楚，聽說他小時候是神童，無論學什麼都特別快。他只讀了小學，但很難的數學題也難不倒他，大家都感到很驚訝。」
「原來這麼厲害啊。」
「他長大之後做哪一行？」高行問。
「聽說是印染的手藝人。」
「印染？所以對色彩的感覺也很敏銳吧？」
「不清楚，但應該是這樣。」
高行和優美子互看了一眼，認為絕對不會錯，光瑠一定是繼承了優美子的祖父，也就是光瑠曾祖父的基因。
但是，優美子的母親也對她的公公不太瞭解，只是曾經聽丈夫稍微提起而已。
「他當手藝人的時期，有沒有留下什麼有趣的故事？比方說，曾經很出色地完成了什麼工作之類的。」優美子充滿期待地問，但她的母親微微偏著頭。
「聽說他年紀輕輕就死了。」
「啊？是這樣嗎？」

「所以妳爸爸對他也沒有太多的記憶，在他死了之後，才從其他人口中得知，他生前很聰明。」

「是喔，原來是這樣。」優美子露出有點憂鬱的表情。在研究光瑠的基因時聽到這個消息，似乎有點掃興。

光瑠上學之後，他智力過人這件事越來越明顯，他的記憶力和計算能力尤其令人驚訝。他只要翻一遍教科書，就可以記得大部分內容，即使是大人也要用計算機計算的題目，他也可以用心算馬上算出來。

他帶回家的考卷當然都是一百分，優美子每次都興奮地告訴高行。光瑠讀的那所小學有很多人都去讀補習班，已經有人開始為報考私立中學做準備。高行從優美子的口中得知，就連那些學生也對光瑠刮目相看。

白河家的光瑠是天才——左鄰右舍開始議論這件事。當然不光是正面討論，也有出自嫉妒的謠言，說他們讓光瑠就讀不對外公開的魔鬼補習班，不惜砸大錢請了三名家教。高行和優美子每次聽到這些傳聞，就忍不住苦笑。在光瑠升上小學之前，他們在郊區買了一棟透天厝，根本沒有太多錢花在兒子的教育上。

這些謠言並不會影響他們的心情，但在光瑠讀小學三年級，班導師突然登門造訪時，覺得有點不太高興。

「我希望白河同學能夠和其他同學一樣。」臉色蒼白、體型很瘦的男老師坐在白河家的客廳，面色凝重地說道。

「和其他同學一樣是指？……」當時剛好也在家的高行問道，一旁的優美子也一臉納悶地看著班導師。她剛才叫光瑠回去自己的房間。

「學校生活需要有協調性，或者說注重的是齊頭並進。」老師說話有點吞吞吐吐。

「光瑠在學校的表現造成老師的困擾嗎？」優美子問道。她的聲音忍不住有點激動。

「不，也不算是困擾……」

班導師吞吞吐吐地說，光瑠在上課時一臉無趣的態度讓他感到為難。光瑠從來不抄筆記，總是怔怔地看著窗外，觀察周圍其他同學。雖然他上課並沒有講話，每次請他回答，他都能夠回答，而且答案也很正確，所以也不知道該怎麼糾正他。只不過班上只要有一個這樣的學生，就會影響其他同學。目前班上漸漸產生了不良風氣，覺得抄寫黑板上的內容，認真聽老師上課很蠢，也很遜。

「所以可不可以請家長提醒白河同學認真上課，認真抄筆記，也不要東張西望……」老師露出求助的眼神看著白河夫妻。

「但是，光瑠並沒有不認真上課，所以才能夠回答老師的提問，不是嗎？」

「是這樣沒錯，但並不代表他可以繼續用這種態度上課。目前有越來越多同學模仿白河同學的上課態度，那些孩子當然沒有認真聽課。」老師結結巴巴地說到這裡，突然下定決心似地吸了一口氣，繼續說道：「希望你們瞭解，我無法對白河同學有特殊待遇，希望家長好好指導他，要求他和其他同學一樣認真上課。拜託你們了。」最後，班導師低頭拜託他們。

高行在無奈之下答應，會要求光瑠不要影響老師上課。

「太奇怪了，」班導師離開後，優美子不滿地說：「每個學生的情況當然都不一樣啊，應該尊重每個學生的個性，把所有學生套在同一個框架絕對有問題，更不應該把光瑠和那些普通的孩子相提並論。」

那時候，優美子已經深信自己的兒子是天才。

不光是當時的老師，曾經擔任光瑠班導師的所有老師都不喜歡他，毫無例外，中學一年級時的班導師曾經直言希望他轉學。

「對白河同學來說，這所學校的程度太差了。我在上課時，他也一臉無趣的表情，乾脆讓他去讀私立中學吧。雖然那裡的考試很難，但你們家的兒子應該沒問題吧？」

在親師懇談時，一臉狡猾樣的禿頭中年老師用陰沉的語氣對優美子說。優美子回家後氣鼓鼓地對高行說，光瑠又不是讓老師難以應付的壞學生，從來沒有聽過因為學生太優秀，而被老師要求轉學的事。

優美子原本想讓光瑠就讀知名的私立中學，但高行認為沒必要每天花時間搭電車去上學，對此表示反對，所以光瑠去讀了本地的公立中學，而且那所學校是公立中學中的好學校。

幾天之後，優美子從光瑠同學的媽媽口中，得知了班導師對自己說那些話的原因。聽那位同學媽媽說，那名班導師接光瑠他們的班級後不久，就在課堂上出了糗。

光瑠並沒有做什麼，只是像平時一樣上課。那名教社會課的班導師突然指著光瑠大發雷霆。他說自己當老師二十年，第一次遇到學生竟然敢在第一堂課上就打瞌睡。

「我沒打瞌睡。」光瑠回答。

「你不要說謊，我剛才看到了。」教師大聲咆哮。

光瑠若無其事地回答：「我只是閉上眼睛，不能閉著眼睛聽課嗎？」

聽到他的回答，班上其他同學都笑了起來。他們以為光瑠在調侃老師，他們一定覺得第一天上課，就敢挑戰老師的學生很大膽。

光瑠當然沒有這個意思，但老師也和其他同學一樣，並不相信他的說法。班導師氣得連頭頂都紅了。他以為光瑠在愚弄他。

「好，那你重複一下我剛才說的內容。如果你沒有打瞌睡，應該可以說出來。旁邊的同學不可以告訴他。」

光瑠事後告訴高行他們，看到老師噴著口水說這句話時，他完全無法理解老師為什麼這麼生氣。即使老師真的以為他睡著了，在課堂上睡覺是這麼不可原諒的行為嗎？

但是，光瑠那時候的確沒有睡覺，所以對他來說，完成老師的命令易如反掌。他逐字逐句，一字不漏地重複了老師說的話，然後對目瞪口呆的老師說：

「呃，老師剛才說，美國地理學協會在一九八八年決定採用羅賓森投影法之前，都使用麥卡托投影法，但其實應該是范德格林氏投影法。」

班導師露出心虛的表情，一時答不上來，慌忙查了自己的資料。

「喔，沒錯，的確是范德格林氏投影法。嗯，啊，對啊。」他用衣服的袖子擦著額頭上冒出的冷汗。「呃，請問我可以坐下了嗎？」在光瑠問話之前，老師一直愣在講台上。其他學生都竊笑起來，猜想這名老師的威信可能暫時難以恢復。

類似的情況不勝枚舉，許多老師都曾經在光瑠面前吃過悶虧。尤其是理化課的老師，應該冒了最多冷汗。這些老師早就對有深度的自然科學失去了興趣，他們以為教育就是機械式地解說教科書的內容，指導如何解答高中考試習題集。有一位物理老師在教歐姆定律後，被光瑠問到瞬變現象的相關問題後不知所措，最後回答說「我下次查一下資料」敷衍了事，但是遲遲沒有「下次」。光瑠去老師辦公室催促他，物理老師說他在忙，轉身離開了。最後，光瑠只好自己去買了瞬變現象的書，獨自解決了疑問。

不久之後，包括校長在內的所有老師都覺得光瑠是麻煩人物，他們終究不容許任何學生超越學校規定的框架，即使那個學生是學校創立以來，成績最好的學生也不例外。

光瑠讀小學時，即使老師都和他保持距離，白河夫妻也覺得這是天才的宿命，再加上內心的優越感，所以並沒有太在意。但在中學生活進入後半段後，開始產生了各種擔憂。尤其對高中升學的事深感不安，因為很擔心一旦被校方討厭，就會在升學調查表留下不好的評語。

但光瑠本身毫不在意這些事，始終維持著自己的步調，旺盛的求知慾越來越明顯。他幾乎每天都會看完一本書，但並不是小說或是參考書，而是各個領域的專業書籍，才能夠滿足他的閱讀慾望。

高行的書架上連他自己都還沒看過的書，都一本一本被光瑠拿去了自己的房間。看完高行書架上的書之後，他就去圖書館借書。《現代日本的政治變動》、《民族政治》、《教育基本法讀本》、《美國海軍全貌》、《超個人心理學》、《宗教論》、《核武的綜合研究》、《積體電路技術》、《哥德爾的不完備定理》——他廣泛閱讀各個不同領域的書籍，完全沒有任何脈絡和統一性。光瑠所看的都是寫滿文字，可以從中獲得新知識的書籍。

光瑠吸收了各種知識後，除了不斷累積，並用自己的方式加以消化，然後對外發出訊息。對他來說，最方便傳遞訊息的對象當然就是父母，尤其是優美子。

「人格特質可以分為五大因素模式，通常認為人一輩子都會有穩定的人格特質，但妳認為在怎樣的情況下會發生變化？」

那是光瑠中學三年級的秋天，當優美子在廚房準備晚餐時，他問優美子的問題。她完全聽不懂兒子說的話，所以問他在說什麼，光瑠又重複了一次問題，優美子還是覺得他在說外國話。

「對不起，」她說：「媽媽正在忙。」

光瑠點了點頭，走回了自己的房間。

但是，他並沒有因此停止發出訊息，之後反而越來越頻繁。他總是突如其來地問母親：「程式設計有各種不同種類的程式設計語言，妳覺得人類認為最容易的語言有什麼特色？」或是：「妳不認為攻擊性和探究知識的心，在支配外界這一點上是共通的嗎？」很遺憾的是，優美子沒有一次能夠回答兒子的這些問題。當然，這些內容的問題原本就不可能立刻做出回答，但她的自尊心還是受到了很大的傷害。

「這一陣子，我經常覺得自己越來越笨了。」某天晚上，優美子躺在床上時，用疲憊的聲音說道。高行正在檯燈下看著光瑠絕對不會看的娛樂小說文庫本。

「妳在說什麼傻話啊。」高行的視線沒有離開手上的書，苦笑著說道。

「真的啊，今天那孩子又問我問題了。媽媽，如果可以做一個和真人完全一模一樣的機器人，從符號學的角度來說，這兩個個體……」說到這裡，她搖了搖頭，「之後我就不記得了，反正是很費解的內容，我從小到大，從來沒有想過這種問題。」

「妳能記得那麼多，已經很了不起了。換成是我，恐怕連聽都有困難。」

「你認真聽我說嘛。你知道我怎麼做嗎？因為每次都不置可否地笑一笑說，媽媽也不清楚太悲哀了，所以我反問他，光瑠，你覺得呢？」

「妳應對得很好啊。」

「但沒想到是大失策，那個孩子雙眼發亮地開始說明自己的想法，一口氣說了超過三十分鐘。那時候我正準備做菜，所以手上拿著生魚片刀，站在那裡聽他說話。不，說我在聽他說並不正確，因為我完全聽不懂他在說什麼，只是傻傻地看著他嘴巴一張一合地說話。因為我問他對這個問題的想法，所以無法像平時一樣敷衍他……幸好中途電話響了，如果沒有那通電話，真不知道該怎麼辦。」

「妳不必放在心上，光瑠有時候也會向我發問，我也沒有一次可以回答他的問題。」

「你被問的次數很少啊，大部分日子都在光瑠睡著之後才回家，好像故意躲著他。」

「喂，喂，妳不要亂說。」高行沉著臉說道，但其實是為了掩飾被優美子識破真相的窘困。這一陣子，公司的工作的確很忙，只是並不需要每天都加班到深夜。正如優美子說的，他想到光瑠可能又會問一些他無力招架的難題，所以不想太早回家。

「那孩子一定覺得我這個媽媽很蠢。」優美子有點自暴自棄地說：「他一定覺得我腦袋空空，愚昧無知，連兒子的話都聽不懂。」

「妳想太多了，不可能啦。」

但是，她搖著頭。

「你根本不知道他是用怎樣的眼神看我。如果只是看不起我也就罷了，因為到處都有這樣的母子，我以前也曾經看不起我的父母，但是，他看我的眼神不一樣，好像在憐憫我，好像在說，妳這麼笨，真是太可憐了。」優美子有點歇斯底里，用毛毯蓋住了頭，痛苦地扭著身體。

在目前這種情況下，即使告訴優美子，光瑠是與眾不同的孩子也沒有太大的意義，尤其優美子的自尊心太強。高行猜想，在優美子至今為止的人生中，從來不曾在任何人面前感到自卑，而且對方還是在讀中學的兒子。照理說，父母在這個年齡的孩子面前，還可以表現得很神通廣大。

高行也不得不承認，尤其在學問的問題上，自己面對光瑠時，也感到抬不起頭，但更感受到極大的不安。他總覺得這個看似普通的少年，像吸塵器一樣，不斷吸收普通的大人也難以理解的知識，會不會是即將發生什麼大事的前兆？光瑠坐在客廳的沙發上，手捧著令人費解的書籍，自言自語的樣子，有一種讓人難以靠近的感覺，當他看到兒子這樣的身影時，這種想法就更強烈了。

光瑠在中學三年級後，突然不再向父母發問，他似乎終於認識到，自己的父母是平凡人這件事。他在學校時，也不再讓老師為難。雖然老師仍然覺得他礙眼，但他的存在顯然有助於提升學校的形象，所以也不再像以前一樣經常建議他轉學。

令高行他們納悶的是，光瑠和同學相處時，就和普通的中學生無異。光瑠在班上也很受歡迎，每個學年都會被選為班長。在班會上討論事情時，他很擅長整合大家的意見，甚至能夠洞悉沒有表達意見的同學在想什麼，引導出成為最大公約數的結論。

「光瑠很會察言觀色，只要有同學內心有不滿，他就會立刻問，是不是有什麼意見想要表達。」光瑠的同學來家裡玩的時候告訴高行。

光瑠參加了單車社團，在社團擔任社長，發揮了領導能力。每個月都會有一、兩次遠行的活動，光瑠不僅知識豐富，而且發生狀況時發揮了妥善的應對能力，所以從來沒有聽說曾經發生過任何問題。

「你和班上的同學和單車社的同學平時都聊什麼？」有一次，高行問光瑠。

「什麼都聊啊，像是電視或是音樂之類的。」光瑠回答。

「你不和他們談符號學的問題嗎？還有宗教或是超心理學、宇宙論之類的問題。」這些都是高行不止一次被兒子問倒的主題。

「才不會聊這些。」光瑠笑著否認。

「為什麼？」

「因為他們和我年紀一樣大，不可能比我更早發現真理。」他的回答很明快。

高行對「真理」這兩個字有點發毛，但還是假裝認同說：「原來是這樣。」

光瑠對色彩的辨識能力越來越強。隨著年齡的增長，三歲時出現的這種神奇的能力越來越強，越來越敏銳。上小學三年級時，無論是任何顏色，只要看一眼，就可以立刻回答出顏色的組合。

比方說，曾經發生過這樣一件事。優美子很擅長編織，有時候會使用編織機編織。那一天，她使用了帶有朱紅色的紅色毛線編織毛衣，光瑠剛好走進來，拿起好幾團毛線球把玩著。

「媽媽，只有這團毛線的顏色不一樣，為什麼？」

坐在編織機前的優美子看著兒子手上的毛線，偏著頭說：

「不可能啊，我都是一起買的。」

「但是真的不一樣，這一團的黃色比較多。」

「黃色？太奇怪了。」優美子從他手上接過毛線，和其他毛線進行比較，但無論怎麼看，都覺得顏色相同。「看起來一樣啊。」

「不一樣，絕對不一樣。」光瑠嘟著嘴如此主張。

當時，優美子已經認同兒子對色彩的感覺異常敏銳這件事。於是，她相信了光瑠說的話，翌日把那團毛線帶去毛線店，但中年女店員並不認為有問題。

「一樣啊，妳看這裡不是有批號嗎？這裡的數字相同，就代表是一起染的。」

「會不會是有什麼疏失，把其他顏色混進去了……」

「絕對不可能。」那名店員不以為然地冷笑著，優美子只好帶著那團毛線回家了。

但實際使用那團毛線後，她確認光瑠的觀察完全正確。用編織機編織時，針腳都很整齊，只要毛線的顏色有稍微的色差，在光線下就特別明顯。優美子發現，使用了那團毛線的部分顏色顯然和其他地方不一樣。雖然不知道是否如光瑠所說，帶有黃色的成分，只知道顏色不一樣。

她拿了那件織到一半的毛衣再度前往毛線店，店員也臉色大變，詢問了工廠。最後得知是工廠在分批時搞錯了。店員當然為此鄭重道歉。

到了小學高年級，光瑠開始用定量表示顏色。

「這一件多加了百分之五的紅色和百分之八的黃色，那一件多加了百分之六的黃色和百分之十五的藍色。」

這是去百貨公司買高行的禮服時，光瑠看到兩件禮服時說的話。高行和優美子完全看不出那兩件衣服的顏色有什麼不同，因為看起來都是黑色。

這種程度的事已經變成了家常便飯，光瑠對光的感受力比對色彩更加敏感，他具備了能夠感應些微光源的能力。在光瑠五年級那一年的冬天，高行知道，即使看著同一片天空，光瑠能夠看到更多的星星。

具有正確認識顏色和光的能力，和不同凡響的智力——光瑠帶著這兩種能力成長。每逢他的生日，高行內心的不安就漸漸膨脹，很擔心即將發生什麼狀況。

不久之後，光瑠上了高中。雖然只要他願意，他可以讀日本全國的任何一所高中，但他說，去讀哪一所高中都一樣，所以選擇了本地的一所公立高中。在他小時候，就曾經斷言一定要讓他讀知名私中的優美子，聽了他的決定後，也暗自鬆了一口氣。

收到高中入學通知的那天晚上，白河家一家三口舉行了小型慶祝派對。當時，高行問光瑠，有沒有想要的禮物？光瑠立刻回答：

「可不可以買一台電腦？」

「你不是已經有電腦了嗎？」

光瑠從中學一年級就開始使用電腦，高行也難以理解他用電腦幹什麼，只知道並不是在玩遊戲。

「我想要一台新的電腦，無論如何都需要另一台。」

「是喔，那好啊。」高行在答應的同時看向優美子，她的神情有點緊張。

他可能想要開始做什麼。高行的腦海中閃過這個念頭。

高行也跟著光瑠去了電腦店，不發一語地聽著光瑠向店員訂了很多東西。店員冒著冷汗，回答光瑠使用了大量專有名詞的發問，高行好幾次都聽到店員說：「這可能要請教廠商的技術人員。」

果然不出高行所料，光瑠買了新電腦後，就開始動手了，只是高行並不知道他到底在做什麼。即使他下班很晚回到家，看到光瑠的房間仍然亮著燈。聽優美子說，除了吃飯時間以外，他幾乎都在自己房間。

「我經過他房間門口時，一直聽到喀答喀答的聲音，那應該是打電腦的聲音吧。不知道他到底在忙什麼。」

優美子的言外之意，就是希望高行去問兒子。於是，高行在某一次聊天時問了光瑠，但光瑠只回答說：「我隨便玩玩而已。」高行也不便追問。

光瑠進入高中後，和之前一樣，在學校內一天比一天引人注目。他在入學後不久舉行的學力測驗中，獲得了學校創立以來的最高分，在接下來的期中考試中，也令老師感到驚訝。

以他的個性，絕對不可能到處炫耀成績，而且他也根本不在意考試成績，但他是難得一見的優秀學生這件事很快就在全校傳開了。因為各科的老師看到他的優異成績興奮不已，忍不住告訴其他學生。

不光是學生，學生的家長對光瑠產生了更強烈的好奇。優美子第一次去參加親師懇談會時，筋疲力竭地回到家說：

「那些家長從頭問到尾。問光瑠在哪個補習班補習？家教叫什麼名字？可不可以介紹給他們？在飲食上有沒有特別注意哪些問題？使用了哪些參考書？每天的睡眠時間是幾小時？」她說到這裡停頓了一下，搖了搖頭，「即使我告訴他們，沒有請家教，也沒有讀補習班，都是兒子自己看書，他們都不相信。」

「恐怕很難相信。」高行苦笑著回答。

「你不要笑啦，我明明說的是實話，卻被認為是怕別人偷學，所以故意隱瞞教育方法，甚至有人酸言酸語，真是討厭死了。」

以前聽到別人這麼說，優美子都會有優越感，那時候真的開始覺得很煩。

光瑠在學校受到了矚目，但他去學校並不只是為了上課而已。相反地，對他而言，上課只是附屬品。他幾乎把一大半的時間都花在進入高中後參加的社團活動上。

他加入了輕音樂社團。高行得知之後，忍不住打量兒子的臉。因為實在太意外了，他以為自己聽錯了。

「輕音樂是指搖滾嗎？」

聽到高行的問題，光瑠笑著搖了搖頭。

「不光是搖滾，還研究各種音樂。」

「研究？」

「對，用電子合成器。」

「電子合成器？所以是電子音樂？」

「嗯，我們社團就是以靈活運用電子合成器而出名的，活動室內幾乎有所有的機器，社團成員可以自由使用。這也是我決定進入這所高中最大的理由。」

高行和優美子目瞪口呆地看著一臉天真地說話的兒子，他們完全沒有任何理由可以反對他參加輕音樂社。

光瑠熱心參加每週三次的社團活動，一回到家，立刻埋首在電腦前操作。這就是他的高中生活，高行和優美子只能遠遠地看著兒子。現代的高中生沉迷音樂或電腦並不是稀奇事，也許反而算是很普通，只是當光瑠在做這件事時，高行和優美子忍不住感到不安。

不久之後，光瑠說要去打工。問他為什麼要去打工，他說想購買電腦周邊商品和零件。他想去一家電子產品量販店打工，他說在那裡可以用很便宜的價格買到他想要的產品。

高行說，如果他想要什麼，可以隨時買給他。光瑠笑著搖了搖頭。

「我不想每次都開口，而且既然可以用便宜的價格購買，在外面花大錢買相同的產品太蠢了。」

經過多次討論，終於決定只能在暑假、寒假，以及春假這些長期休假期間才能去打工。於是，光瑠從高一的暑假開始，就去那家店打工，幾乎每次都會搬東西回家。然後他一直關在自己房間，在叫他吃飯之前都不會出來。

高行曾經多次去兒子的房間張望，覺得他兒子的房間簡直就像是電子儀器實驗室，到處都是不知道什麼時候購買的儀器，用無數電線和電子連接器連在電腦上，還有很多擠滿了ＩＣ板的板子。

「等我告一段落後，我就會整理乾淨。」每次提醒光瑠，他都這麼回答。雖然大部分高中生都不喜歡父母進自己的房間，但光瑠並沒有這方面的問題，只是從來不會告訴父母自己在幹什麼，即使一再追問他，他也只是回答：「到時候會告訴你們。」

高行曾經請精通電腦的同事來家裡，去看了光瑠的房間。他想知道兒子到底在忙什麼。

同事一看房間，立刻發出苦笑說，與其說是實驗室，這個房間整體更像是一台機器，但同事打量了房間內的幾台儀器後，神情變得凝重起來。他說，不像是高中生在做的事。

「我知道我兒子和普通的孩子不一樣，」身為父母，高行當然為兒子感到驕傲，「但你覺得這些到底是什麼？我兒子在做什麼？」

「我不太瞭解到底是什麼裝置，但說白了，就是電源。」那名同事說。

「電源？這麼多儀器，只是電源而已嗎？」

同事一臉嚴肅地搖了搖頭。

「電源和電池不一樣。這個系統應該可以藉由電子合成器的演奏，用各種不同的方式發出各種電子信號。」

「藉由演奏？為了什麼？」

「這我就不知道了，必須問當事人。話說回來，你兒子太厲害了，我反而更好奇，他怎麼有辦法完成這些。」

「這個……我這個做父親的也不知道。」高行嘆著氣說。

光瑠的高中第一年的生活就這樣過去了。從客觀的角度來看，應該算是一帆風順的一年。他的成績始終名列前茅，也從來沒有發生任何麻煩，更沒有為異性或是人際關係煩惱。

然而，這一年讓高行和優美子覺得離兒子更遙遠了。高行經常懷疑，那個整天埋頭製作奇妙儀器的少年，真的是自己的兒子嗎？他這一陣子開始覺得，就好像孩子心目中有理想的父母，父母心目中，也有所謂理想的孩子。理想的孩子絕對不是連父母都無法理解的天才兒童，而是適度平凡、不成熟，有時候需要父母操煩的孩子。

光瑠並不是這樣的孩子。高行漸漸有這種感覺。

3

放在枕邊的鬧鐘發出嗶嗶的聲音，高行正打算伸手按掉鬧鐘，優美子纖細的手臂已經從被子裡伸出來，按下了鬧鐘上方的按鈕。

「原來妳沒睡著啊。」高行說。

「我怎麼可能睡得著嘛。」優美子在黑暗中回答，「你也一直沒睡吧。」

「是啊。」

高行坐了起來，在黑暗中摸著自己的衣服。

「你可以開燈啊。」

「不用了，而且不能讓光瑠發現我們還沒睡。」

「嗯……也對。」

高行換好衣服，走到門旁，豎起了耳朵。外面沒有任何動靜，只聽到自己的呼吸聲。

「天氣怎麼樣？」

優美子擔心地問。

「應該沒問題。聽天氣預報說，今晚也是晴天。」

「是喔……所以他今天不可能不出門。」

「應該是。」

這時，門外傳來「啪答」的聲音。優美子倒吸了一口氣，高行渾身緊張，把耳朵貼在門上。

接著傳來木板擠壓的聲音。光瑠走出房間，正在下樓梯。即使下樓時再怎麼躡手躡腳，家裡的樓梯還是會發出聲音。

高行深呼吸後，轉動了門把。

「老公，」優美子從背後叫著他，「你要小心。」

高行突然笑了起來，「我只是去跟蹤兒子而已啊。」

「也是啦。」

優美子不再說話。

高行慢慢打開房門，來到走廊上。樓下傳來動靜。光瑠似乎正在玄關穿鞋子。

高行看著光瑠的房間門口，有一隻拖鞋翻了過來。這雙拖鞋原本直立地靠在門上，只要一開門，就會發出動靜，剛才聽到的「啪答」聲就是拖鞋發出的聲音。

——光瑠剛才應該沒發現吧。

高行感到一絲不安。因為之前曾經多次發生小看兒子的洞察力而導致失敗的經驗。

樓下傳來喀嚓的金屬聲。那是玄關的門鎖上的聲音。高行雖然加快了步伐，但仍然小心翼翼地走下樓梯，以免發出太大的聲音。他走進客廳，然後隔著窗戶觀察門外。

光瑠穿了一件防風衣和運動褲，沿著家門前的道路向右，也就是跑向西方，而且似乎並沒有發現高行的動靜。

高行打開其中一扇落地窗來到院子，繞到玄關，推著優美子的腳踏車走出門外。這一陣子的天氣都很晴朗，今晚也是晴天，天上有很多星星，光瑠一定可以看到更多星星。高行想著這些事，騎上腳踏車，踩著踏板。

光瑠在五月的黃金週結束之後，開始在深夜慢跑。這只是他的說詞，高行完全不知道他到底是從什麼時候開始的，只能接受兒子的說法，因為高行和優美子直到最近，才知道他深夜出門這件事。

「昨天晚上，他好像出門了。」

兩個星期前的某一天早晨，優美子臉色鐵青地對高行說。高行吃完早餐，正在一邊看報，一邊喝剩下的咖啡，一時聽不懂妻子在說什麼。

「光瑠去了哪裡？」

「我不知道，只知道他半夜出門了。」

雖然已是五月，但前一天晚上特別冷，優美子半夜起床上廁所時，順便去兒子房間張望。因為他的被子很薄，擔心他太冷了，沒想到光瑠不在床上。優美子下了樓，看了客廳和廚房，也不見兒子的身影。到底去了哪裡？她忍不住感到不安，這時聽到玄關傳來聲音。優美子驚訝地從門縫向外張望，光瑠正脫了鞋子準備上樓。

「妳那時候為什麼不問他？」

高行放下報紙，看著妻子。他知道自己的眼神中帶著責備。

「因為我想先和你商量啊。你不是經常說，不要隨便斥責他嗎？我原本回臥室後想和你商量，但你一直叫不醒。」

優美子一臉意外的表情反駁道。

高行忍不住想，每次遇到光瑠的事，我們就這樣。兩個人都對該怎麼處理完全缺乏自信，而且很想推給對方處理。

「如果他今晚也出門，我再問他看看。」

高行在無奈之下，只能這麼回答。

那天晚上，高行被搖醒了。睜開眼睛，看到了優美子的臉。

「他果然出門了。」

高行揉著眼睛，看了旁邊的鬧鐘。凌晨一點三十五分。如果出門夜遊，未免太晚了。現在早就沒電車了。

他穿上睡袍，走下樓梯來到一樓，光瑠已經離開了。他坐在客廳的沙發上開始喝白蘭地，思考著兒子回來時，該怎麼質問他。

不一會兒，優美子也起床下樓了，拿了杯子說：「那我也來喝一點。」高行猜想她內心一定很不安，因為平時她很少喝酒。

高行完全不知道兒子這麼晚會去哪裡。原本想要問優美子的意見，但隨即想到，她也一定沒有頭緒，所以就作罷了。優美子頻頻嘆氣，看著時鐘。她似乎一開始就不期待丈夫能夠推測出兒子的行動。

凝重的沉默持續了一個多小時，高行正打算倒不知道第幾杯酒時，光瑠回來了。

光瑠對父母在客廳等他似乎並沒有太驚訝，他露出有點尷尬的表情道歉說：「吵醒你們了嗎？對不起。」然後看著優美子的臉，笑著說：「媽媽，妳是不是喝了酒，眼睛下方變成了石竹色。」

高行以前從來沒聽過石竹色這個名詞，猜想應該是指優美子臉頰的顏色，和普通的粉紅色有一丁點不一樣，光瑠能夠察覺其中微妙的差異。高行決定不去理會這類名詞。

「來這裡坐吧。」

高行指著對面的沙發。「嗯。」光瑠順從地聽從了他的指示。

高行質問他為什麼要半夜外出，光瑠若無其事地說，只是出門慢跑而已。

「因為我已經升高二了，想要做點什麼。半夜慢跑很舒服，很安靜，好像在陌生的城市慢跑。而且也沒有汽車排出的廢氣，呼吸也很輕鬆。」

「但你一個人深夜外出不是很危險嗎？」高行抱著雙臂說道，「萬一遇到隨機殺人兇手的攻擊也求助無門啊。」

光瑠開朗地大笑起來。

「這麼晚，不會有兇手上街隨機殺人啦，搞不好附近的鄰居會懷疑我有問題。為了防止遇到警察在路上盤查，我還特地帶了這個。」

他從運動衣口袋裡拿出了學生證，可以當作身分證使用。

「不能再早一點去慢跑嗎？比方說，九點或是十點。」

「那個時間的車子太多了，」光瑠微微皺著眉頭，「因為這一帶有很多人行道不理想，如果車子就在旁邊駛過，跑起來心裡毛毛的。」

聽到光瑠這麼說，把孩子的安全放在第一位的父母就無話可說了。

「你不會想睡覺嗎？」看到高行陷入沉默，優美子開了口，「這麼晚去慢跑，不是沒辦法好好睡覺嗎？」

「我開始慢跑之後，身體狀況變得很不錯，即使睡眠時間很短，一整天都神清氣爽。」

高行的確從來沒有看過光瑠的倦容，也從來沒有聽優美子提過。

「總之，慢跑對我大有幫助。」

「即使你覺得很好，爸爸、媽媽還是會擔心，會一直提心吊膽，不知道你每天是不是安全到家。」

「那就這麼辦。我每天都會在凌晨三點半之前回家，我會設定鬧鐘，如果三點半還沒有到家，鬧鐘就會響。你們等到鬧鐘響了之後再擔心也不遲，雖然我認為不可能發生這種情況。」

他立刻就說出了解決方案，顯然早就預料到父母會質問他這件事。高行不由得想，在這件事上，無論說什麼都是白費口舌。

優美子立刻沒有繼續反對的理由，露出求助的眼神看向丈夫。高行重新在沙發上坐好。

「你都在哪裡跑步？」

「就在附近，從家裡到第三小學那裡。」

「所以要經過大馬路嗎？」

「對。」

「那太危險了，」高行突然想到一件事，大聲地說道，「那一帶有很多飆車族，那些人很危險、瘋狂，萬一遇到他們怎麼辦？」

高行他們之前就聽說，最近出現在這個地區的飆車族都會做出激烈的破壞行為，和以前那些飆車族不一樣。他們有時候會使用土製炸彈破壞公共設施。

「光瑠，拜託你，別再去了。」

優美子想到飆車族的事，內心更加不安了。

沒想到光瑠若無其事地說：

「沒事的，他們以後不會再做出破壞行動了。」

意外的回答讓高行說不出話。

「你怎麼知道？」

「我無法清楚解釋理由，」光瑠遲疑了一下，看著父親聳了聳肩，「這個週末，你們看了就會知道了，他們不會再胡作非為了。」

「誰會相信呢？」

「真傷腦筋啊。」雖然光瑠嘴上這麼說，但看起來完全不像傷腦筋的樣子，似乎對這樣的對話很樂在其中，「那好吧，我週末就不去慢跑，他們只有在週末才會四處破壞。這樣就沒問題了吧？」

這次輪到高行不知所措。他和優美子互看了一眼，她似乎也想不到該用什麼理由說服兒子。

「但是……」高行張著嘴，不知道接下來該說什麼。

「爸爸，拜託你。」光瑠露出真摯的眼神輪流看著父母，「還有媽媽，可不可以同意我去慢跑？我已經開始了，希望可以持續下去。」

高行仍然抱著雙臂，發出遲疑的呻吟。

第二天之後，光瑠深夜慢跑的事似乎變成了公認的事實。光瑠按照之前的約定，週五和週六晚上不出門，除此以外，除非是下雨天，他每天都出門慢跑，而且時間很固定，每天都是凌晨一點半過後出發，三點多回來，從來沒有例外。

——好像沒什麼異常，可能真的不需要太擔心。

高行漸漸有了這種想法。

沒想到優美子昨天在外面聽到了奇怪的傳聞。

那些飆車族變得安分了。

「你不是也認識住在公車大道上的山中家嗎？山中太太告訴我說，之前每到週末，機車聲就吵死人了，但最近突然變安靜了，就像光瑠之前說的一樣。老公，你有什麼看法？」

優美子可能很在意，所以高行下班回家一進門，她立刻說了這件事。

「只是巧合而已吧？」

高行在說話時，也知道自己答非所問。正因為優美子覺得不是巧合，才會和自己討論這件事。

沒想到優美子說了更加意外的事。

「不光是這樣而已。最近雖然飆車族收斂了，但不時看到一些奇怪的小孩。」

「奇怪的小孩？」

「前幾天，山中夫婦已經睡覺了，聽到門外傳來小孩子的聲音。他們納悶發生了什麼事，往窗外一看，發現有幾個小孩愉快地聊著天，從他們家門口經過。聽說那些孩子都是中學生或是高中生，但不像是不良學生，而是很普通的孩子，這種情況發生了兩、三次。」

「所以呢？」

高行雖然察覺到優美子想說什麼，但故意假裝不知道。

「我在想，會不會和那孩子……和光瑠半夜出門有什麼關係。因為那些孩子也是在凌晨兩點左右出現。」

「怎麼可能？」高行勉強擠出笑容，「這裡是住宅區，又不是鬧區，小孩子半夜在這種地方出沒，也不可能有什麼好玩的事。」

「但真的有這些孩子啊，你怎麼能夠斷言光瑠不是其中之一。」

優美子說話的語氣有點歇斯底里。只要是光瑠的事，她就完全失去了原本的冷靜，高行當然非常瞭解這種心情。

思考了一天之後，他決定去跟蹤光瑠。雖然他不願意這麼做，因為萬一被光瑠發現，很可能會很受傷，但高行也抱著一絲期待，或許可以藉此找到瞭解兒子的線索。反過來說，他覺得如果錯失這個機會，兒子對自己和優美子來說，就永遠是一個巨大的謎。

而且，高行暗想道，即使兒子發現自己跟蹤他，真的會受傷嗎？真的會生氣嗎？高行總覺得這種情況不會發生。如果兒子會有這種正常的反應，自己和優美子就不會這麼傷腦筋了——

高行踩著腳踏車，和光瑠保持數十公尺的距離。每次來到轉角處，都很擔心會跟丟。他很想再靠近一點，但更擔心會被光瑠察覺。光瑠的聽覺很敏銳，只要聽到輕微的輪胎聲，他或許就會回頭。

光瑠來到大馬路旁。那是一個有號誌燈的十字路口。已經是深夜，路上沒什麼車，但光瑠還是停下腳步等綠燈。高行在暗中看到後，忍不住在心裡點頭。這麼看來，不必擔心他會發生車禍。

當號誌燈變綠後，光瑠再度跑了起來，高行也停頓片刻後過了馬路。

高行跟蹤了一會兒，突然感到不太對勁。之前光瑠說，他都跑去第三小學，但現在方向完全不對。難道他打算繞遠路嗎？

高行感到訝異，但仍然不停地踩著腳踏車。這時，他發現自己來到一片規劃得很整齊的住宅區，有好幾棟看起來很新的房子。沒想到這一帶在不知不覺中發生了變化。

身穿白色防風衣的光瑠突然右轉，高行慌忙用力踩著踏板。因為這裡是緩和的上坡道，平時運動不足的他騎起來很吃力。

當他轉過街角時，忍不住輕輕「啊！」了一聲。因為光瑠不見了。

他急忙騎到下一個十字路口，但站在路口巡視四周，也找不到那件白色防風衣。

——完蛋了。

高行咬著嘴唇，騎著腳踏車在附近繞圈子。雖然剛才在坡道上騎得比較慢，但難以理解光瑠為什麼消失不見了。

他在一棟巨大的建築物前停下了腳步。他知道那是建造了一半後就停工的市民音樂廳，只是並不知道工程目前的狀況，也不知道什麼時候會再度動工。

高行繞到建築物的正面，發現有一輛高級進口車停在那裡，可能是附近住戶的車子。

他觀察了正門，發現原本玻璃門的地方如今用夾板封住了，而且其中一部分有一公尺半左右的空隙。高行騎在腳踏車上，向夾板內張望。因為他猜想光瑠可能進去這裡面了。雖然建築物已經變成了廢墟，但總覺得裡面好像有動靜，只不過裡面太暗了，完全看不清楚。

這時，後方傳來腳步聲。他回頭一看，一個中學生年紀的女生走了過來。矮小的少女穿了一件紅色飛行夾克，當她看到高行時，兩腳併攏，站在原地。她收起下巴，屏住呼吸凝視著高行，似乎在用眼神責備陌生中年男子出現在這裡。

妳是誰？為什麼這麼晚來這裡？——高行很想這麼問她，但拚命克制住了。一旦開口發問，這個少女一定會逃走。

高行不發一語地改變了腳踏車的方向，踩著踏板，騎向少女走來的方向。在轉過第一個街角時煞車停了下來，悄悄看向後方，剛好看到紅夾克少女走進建築物內。果然沒錯。高行點了點頭，他確信光瑠也在裡面。

正當他在思考接下來該怎麼辦時，看到一個黑影慢慢從十公尺前方那棟房子的門旁出現。那是一個穿著灰色開襟衫、個子不高的男人。男人微微彎著腰，向建到一半的市民音樂廳走了幾步，然後又躲在旁邊的電線杆後觀察前方。

高行踩著腳踏車靠近男人的背後，男人似乎完全沒有察覺，像烏龜一樣伸長脖子。

「是你女兒嗎？」

高行問，男人倒吸了一口氣，全身抖了一下。回頭看著高行，翻著白眼，按著胸口。

「啊，嚇死我了。」

「不好意思，」高行露出淡淡的苦笑，向他微微欠身，「那個穿紅夾克的女孩……是不是你女兒？」

身穿灰色開襟衫的男人仍然驚魂未定地喘著氣。他年紀大約四十歲左右，看起來比高行稍微年輕，矮矮胖胖的身體，臉很圓很大，和剛才的少女有幾分神似。

「是啊……」男人的呼吸終於漸漸平靜，露出警戒的眼神，「呃，請問？」

「我應該和你一樣，我跟蹤兒子來到這裡。」

高行說完，男人露出驚訝的表情，隨即張大了嘴。

「你兒子也半夜出門？」

「他說要慢跑。」

「慢跑？喔……」

男人露出不置可否的表情點了點頭，似乎無法理解竟然有父母同意兒子深夜出門慢跑。

「你女兒好像進去那棟建築物了。」

高行指著市民音樂廳說。

「好像是，」男人露出不安的表情看向市民音樂廳，「那棟建築物還沒蓋好吧？裡面到底是什麼情況？」

「不知道，我也是今晚第一次來這裡。」

高行偏著頭回答。

「你兒子也在裡面？」

「應該是，只是到這裡時跟丟了。」

「裡面到底──」

男人突然住了嘴，因為有兩個看起來像是中學生的少年從馬路的相反方向跑了過來。他們在周圍張望了一下，和剛才的少女一樣，走進了那棟建築物。

高行看了一眼手錶。因為剛才那兩名少年看起來好像因為遲到而有點匆忙。時間是凌晨兩點剛過，所以是兩點開始有什麼活動嗎？

「到底是怎麼回事？為什麼這些孩子三更半夜跑來這裡？」

矮胖男人偏著又大又圓的臉納悶。

「我們也進去看看吧？」

高行提議道，男人露出畏縮的表情，隨即點了點頭。

「也對，這樣最快。呃，我姓小塚，住在三丁目的山丘大廈。」

「喔，就是那棟白色磁磚的漂亮房子。」

「沒錯，沒錯。」

小塚開心地回答，高行也簡單地自我介紹後，把腳踏車停在路旁，兩個人一起走向那棟建築物。高行對找到了同伴暗自鬆了一口氣，小塚應該也有相同的想法。

「你兒子從什麼時候開始深夜外出的？」

小塚一邊走，一邊問道。

「五月之後，所以已經三個星期了。」
「是嗎？我家女兒是從什麼時候開始的呢……」小塚似乎很沒有自信，「因為我一個星期前才知道她偷偷溜出家門。當時我質問她，她堅持不肯告訴我，之後也經常偷偷溜出門，即使責罵她也沒有用，所以我今天跟蹤她來這裡。」
「這樣的話，你太太也一定很擔心吧？」
「不，我老婆最近不在家……」
小塚語尾含糊其詞，然後緊緊閉上嘴，似乎覺得不該把家裡的事告訴外人。兩個大男人來到建築物前，都露出了猶豫的表情。
「你先請。」
小塚伸出手掌示意。高行用力深呼吸後，走進了夾板圍起的大門內。
建築物內很昏暗，但並不是完全看不清楚。因為上方有一排採光的小窗戶。他們小心謹慎地往裡面走，眼睛漸漸適應了黑暗，終於可以看清楚裡面的情況，水泥牆邊雜亂地堆放著廢木材。
「這裡有汽車廢氣的味道。」
走在身後的小塚吸著鼻子說道。被他這麼一說，高行也聞到了味道。的確是汽車廢氣的味道。
「是白天經過這裡的車輛排放的廢氣積在這裡嗎？」

「不清楚。」

「這裡好像要建造一個很氣派的音樂廳。」小塚說。

高行也有同感。大廳就這麼寬敞，即使有兩千名觀眾來看表演，應該也不會造成擁擠。

「如果可以完工的話。」

高行回答。

「就是啊。」小塚小聲笑了起來。

大廳在中途轉了向，高行沿著路順轉過去時，忍不住「啊！」地叫了一聲。因為那裡有一整排重型機車，粗略地看一下，就有超過二十輛。

「這到底是……」

小塚在高行背後說不出話。

「原來廢氣是從這裡排出來的。」

高行壓低聲音說道，他想起了飆車族。這些機車應該是這些飆車族的車子吧。他們也每天晚上來這裡，光瑠知道這件事，所以之前才會預言，飆車族以後不會在這個地區鬧事了。

「這是飆車族的機車吧。」小塚似乎也察覺到了，然後用極度失望的聲音說，「輝美這丫頭，竟然和飆車族在一起嗎？」

輝美似乎是他女兒的名字。
「不，我認為不必這麼悲觀。」
「為什麼？她在三更半夜跑來這裡和飆車族見面。」
「你剛才也看到了，在你女兒之後趕來的兩個看起來像中學生的少年，無論怎麼看，他們都只是普通、健全的男生啊。」
「現在的小孩都很難說。」小塚很不屑地說，然後東張西望著，「我一定要把她帶回去。輝美到底在哪裡？」
「等一下，」高行把手放在小塚肩上，「你有沒有聽到？」
「啊？」
小塚微微張著嘴，愣在那裡。
高行豎起耳朵，果然不是自己聽錯，的確傳來了音樂聲。
「是音樂廳的方向傳來的，好像有人在演奏。」
「這麼晚了，怎麼可能有人演奏？」
小塚說話時，走向最近的入口。這裡已經裝了門，小塚試圖打開那道門，但那道門文風不動。「好像從裡面鎖住了。」
高行也走去其他入口，試圖把門打開，但所有的門都被固定了，一動也不動。
他蹲了下來，把耳朵貼在門的縫隙上。音樂果然是從裡面傳出來的。

「聽得到嗎？」

小塚也走了過來，像他一樣貼著耳朵細聽。

就在這時，後方突然傳來說話聲。

「你們是誰？」

一個年輕男人的聲音問道，高行驚訝地轉過頭，小塚再度發出了輕聲驚叫。

有兩個黑色人影低頭看著高行他們，因為他們手上拿著手電筒，光很刺眼，高行無法看清楚他們的長相。

「你們是誰？趕快回答。」

右側那個人問道。這是女人的聲音。

「你們是誰？這麼晚了，在這裡幹什麼？」

高行看著他們問道。

「我們是假面摧毀團的成員，這裡是我們的基地。」

「假面……是飆車族嗎？」

「是新團體。先不討論這個，輪到你們回答了。」

「我兒子來這裡，因為是三更半夜，我很擔心，所以就跟著過來了。他也是跟著女兒來到這裡。」

高行連同小塚的份也一起回答了，藉此主張自己的行為是身為父母理所當然的舉動。

兩個影子把頭湊在一起，討論了兩、三句話。從輪廓可以看到那個女人的頭髮很長。

「好，站起來。」

男人說道。高行他們站了起來，男人命令道：「跟我們來。」

「我兒子在哪裡？我想要見他。」

「沒錯，我也要見輝美。」

小塚也跟著高行提出要求，男人改變了手電筒的角度，照在小塚的臉上。那兩個黑影笑了起來。

「沒錯，的確是輝美的老爸。」

「她說她爸爸一點都不關心她，既然你還會擔心她，跟蹤她到這裡，可見也沒那麼糟嘛。」

「你們在說什麼？輝美在哪裡？」

小塚向前一步。男人伸出左手，擋在小塚面前制止他，然後緩緩轉動手電筒的光。高行看了覺得很不舒服，立刻把臉轉到一旁。

「是不是很不舒服？因為光搖晃的方式無視生理節奏，而且是手電筒的光，光線的品質很糟，是因為前面那塊透鏡歪斜的關係。」

高行驚訝地抬起頭。光瑠以前也說過相同的話。

「你在說什麼莫名其妙的話，」小塚尖聲說道，「趕快帶我去見輝美。」

「如果想見到你女兒，就乖乖聽從我們的指揮。來，跟我們走。」

男人揮著手電筒催促道，長髮女生邁開步伐，高行他們也跟在身後。

那個女生沿著沒有欄杆的水泥階梯往上走，高行覺得好像站在上面，樓梯就會垮掉，但實際站上去後，發現樓梯很堅固。

走上樓梯後，也有好幾道進入音樂廳的門，另一側是挑高的空間，可以看到一樓大廳——預定成為大廳的廣場。

「過來這裡。」

聽到長髮女生的說話聲，高行他們走進音樂廳旁的通道，那裡放了一張長椅，有人坐在上面。好像是一個中年女人，她的面前站了一個人。

「又有客人來了。」

站著的男人看向高行他們。雖然只能隱約看到他的臉，但感覺像是高中生。

「兩個人都是父親，好像是跟過來的。」

「是喔，」男生似乎沒有太大的興趣，「那我可以進去了嗎？」

「好啊，不好意思，找你來幫忙。」

聽到女生這麼說，那個男生微微舉起手，然後打開了旁邊的門。門內裝了黑色簾幕。他掀開黑色簾幕走進去時，關上了門。雖然只是短暫的瞬間，但高行聽到裡面傳來了音樂聲，而且是曾經聽過的樂曲。

「那是〈波麗露〉吧？」他對長髮女生和拿著手電筒的男人說，「是不是拉威爾的〈波麗露〉？」

女生和男人互看了一眼，女生微微偏著頭。

「我不知道樂曲的名字，」年輕男人說，「因為這根本不重要。」

「我女兒在裡面嗎？」小塚問。

「嗯，是啊。」

「在裡面幹什麼？」

「不是做什麼壞事，你不必擔心。」

長髮女生說道。高行仔細打量女生的臉，發現她的五官很漂亮，差不多也是高中生的年紀。

「我們不能進去嗎？」

高行問，兩個年輕人同時點頭。

「不行，」年輕男人回答，「規定大人不可以進去。」

「你們為什麼不進去？」

男人哼了一聲，聳了聳肩。

「我們也想進去啊，但因為有像你們這樣的人，所以需要有人站崗啊。好了，別問那麼多了，可不可以安靜等在那裡，就像那個大嬸一樣。」

他用下巴指著坐在破舊長椅上的中年女人。中年女人可能聽到年輕男人在說她，挺起了乾瘦的身體。雖然因為光線太暗，看不太清楚她的臉，但高行覺得她的孩子應該也是中學生或高中生。

「妳的孩子也在裡面嗎？」

高行在女人身旁坐了下來，指著音樂廳問。女人淡淡地笑了笑，點了點頭。

「對，我兒子在裡面。」

「妳跟蹤他來這裡的嗎？」

「不，我陪他來的。」

「妳陪他來？」

在一旁聽著他們說話的小塚驚叫起來。

「這是怎麼回事？」高行問。

「說來話長。」

聽那個女人說，她兒子在三個星期前開始深夜外出，她當時並不知道，但意外得知後，她和她的丈夫質問獨生子，但兒子不願告訴他們實情。於是，他們夫妻兩人監視兒子，不讓他半夜出門。沒想到禁足一個星期左右，兒子出了不少問題。在學校時，班導師說他上課態度不認真，在家時也無法專心讀書，情緒總是很暴躁，甚至經常對父母生氣。

他們夫妻商量後，決定同意兒子深夜外出，但不放心讓他獨自出門。於是就提出了由她開車接送的條件，她兒子猶豫了一下，最後答應了這個條件，但他也提出了條件，只能在車上等他，不可以進入建築物內。

「我也這麼做了，所以在車子上等他。沒想到第二天被他們發現了，」女人看著那對年輕男女，「他們把我帶來這裡，說可以在這裡等我兒子。」

「我們並沒有被任何人監視，」長髮女生似乎聽到了高行他們的談話，插嘴說道：「是你們受到了監視。」

「原來如此，」高行用略帶諷刺的語氣回答後，看著中年女人問：「妳兒子來這裡之後，出現了變化嗎？」

「對，」中年女人用力點頭，「整個人煥然一新，好像變了一個人。每一個動作都很有精神，他自己也說，讀書時更專心了。」

「是喔……妳並不知道裡面到底在幹什麼吧？」

「對，因為我兒子堅決不肯透露。」

中年女人語帶遺憾地說。

高行覺得太奇怪了。從中年女人說的話推測，裡面應該在進行對小孩子的精神產生某種作用的活動。

「可不可以讓我看一下?只要一下下就好。」小塚向那兩個年輕人交涉，「只要從門縫張望一下就好。」

那兩個年輕人沒有說話，在黑暗中搖了搖頭。

高行轉頭看向中年女人。

「妳有沒有和誰討論過這件事?比方說，警察?」

「警察?」

長髮女生尖叫道。高行抬頭看著她說：

「我想你們應該知道，這棟建築物屬於市政府所有，你們沒有權利擅自使用。一旦被發現，當然會受到懲罰。」

「我沒有告訴任何人來這裡的事，」中年女人說道：「只有我老公知道，因為這種事很難告訴別人。」

高行能夠理解她的心情。既然不知道自己的孩子在裡面幹什麼，當然不希望把事情鬧大。

「如果你想報警就去啊。」拿著手電筒的年輕男人似乎看透了高行的內心，「只不過不知道你兒子的下場會如何，搞不好會被關進拘留所。」

「你剛才不是說，沒有做壞事嗎?」

「本來就沒做壞事啊。如果你相信，就根本沒必要把事情鬧大。總之，你只要乖乖坐在那裡等就好了。」

「白河先生，」小塚小聲地對他說：「別驚動警察了。」

「對啊，請不要隨便把事情鬧大，」中年女人也表示同意，「因為我們覺得並沒有任何損害，反而獲得了良好的效果。雖然不知道裡面在舉辦什麼活動，但我兒子來這裡之後，生活也……」

「我知道，我知道，」高行對著中年女人舉起雙手，安撫著她，然後苦笑著說：「我只是打比方而已，我也無意報警。」

中年女人緊閉雙唇，似乎表示：「那就好。」

「你們乖乖坐在這裡就好，這樣的話，明天和後天也可以來這裡。」

長髮女生盛氣凌人地說道。高行最近很少和這個年紀的人接觸，納悶現在的女生都用這種讓人搞不清楚是男是女的方式說話嗎？

黑暗中陷入一陣沉默，突然不知道從哪裡傳來奇妙的聲音。高行想了一下，才發現那是鼓掌的聲音，而且並不是只有一、兩個人，而是更多人在同時鼓掌。

「結束了。」

拿著手電筒的年輕男人小聲嘀咕。他的話音剛落，旁邊的門就打開了，中學生和高中生年紀的男男女女陸續走了出來。所有人都默默地走在通道上。高行站起來惚的眼神。

「輝美，輝美。」

小塚叫著。總共大約有四、五十個孩子，一個身穿紅色夾克的少女從裡面走了出來。

「爸爸，」即使在黑暗中，也可以看到少女睜大了眼睛，「你跟蹤我嗎？」

「當然啊，妳來這種地方幹什麼？」

小塚生氣地說道，這時，周圍的孩子也都停下腳步看向小塚父女。小塚有點不知所措。

「不是啦……我只是擔心妳。」

「我沒事，你別管我。」

那個名叫輝美的少女毅然地說完，轉身離開了。

「啊啊，喂，等等我。」

小塚撥開那群少年和少女，追向女兒的背影。

走在後面的一名少年走向高行他們。他戴著眼鏡，看起來很文靜。

「媽媽，走吧。」

少年雖然滿臉稚氣，但聲音很成熟。他似乎是中年女人的兒子。

走向他們，他們瞥了高行一眼，並沒有在意，從他身旁走了過去。每個人都露出恍

「喔，嗯嗯，回家吧。今天開心嗎？」

中年女人用討好的語氣問道，但她兒子不悅地皺了皺眉頭。

「不是說好不說廢話的嗎？」

說完，他轉身離開了。中年女人也和小塚一樣，追著兒子的背影離去。

高行仔細打量每個孩子的臉，卻沒有見到光瑠，也沒有看到那件白色防風衣。

「找到你兒子了嗎？」

年輕男人問道。那個女生把門關了起來。這代表人都走光了嗎？

——不，不可能。

高行認為光瑠一定在這裡，光瑠還留在裡面。

「我好像錯過他了。」

高行說完，假裝去追那些正走下樓梯的孩子。年輕男人冷笑著說：

「連自己的兒子也找不到，未免太離譜了。」

高行緩緩走向樓梯，悄悄向後看。那對年輕男女正準備走進音樂廳。

高行轉身衝向他們。那兩個人一時不知道發生了什麼事，高行推開他們，衝進了音樂廳。

「啊，有大人闖進來了。」

年輕女生在背後叫道。高行想要繼續往前衝，但不得不停下腳步。外面也很黑暗，但裡面更是一片漆黑，完全看不到前面有什麼，甚至看不到自己的手。

「他在那裡，就站在那裡，在左側通道的正中央東張西望。」

右側響起男人說話的聲音。高行完全無法理解，為什麼他們能夠在這麼暗的地方知道自己在哪裡，他還來不及想出結果，就被人從身後架住了。接著，有好幾個人把他按倒在地。

「功一、純，你們不是在外面站崗嗎？」

頭上傳來說話的聲音。聲音很低沉、冷靜。

「對不起，我們一時疏忽。」

回答的那個男人名叫功一吧。高行怔怔地想道。

「這個大叔是誰啊？」

「他說他的小孩在這裡。」功一說。

「發生什麼事了？」

頭上響起一個熟悉的聲音。高行抬起了頭。

「光瑠嗎？是光瑠吧。」

聽到他說話的聲音，周圍的空氣彷彿靜止了。

「喔，」光瑠的聲音並沒有太驚訝，「原來是爸爸。」

「原來是光樂家的爸爸。」

把高行按倒在地的手同時鬆開了。

「光樂家？」高行跪在地上想要巡視周圍，但什麼都看不到。周圍那些年輕人似乎可以看到自己，他甚至懷疑自己的視力出了問題。

有人抓住他的手臂，輕輕把他拉了起來。他小心翼翼地站了起來。

「你沒事嗎？」光瑠在他面前問道。

「嗯，應該沒問題。」高行回答，雖然膝蓋有點痛，但他也不知道有沒有受傷。

「你可以走路嗎？」

「腳沒問題，只是什麼都看不到……」

「抓住這裡，」光瑠抓著高行的手，握住了他的手肘，「我會慢慢走，你小心腳下，知道嗎？」

「好。」

「各位，」光瑠說，他似乎在對其他人說話，「這個人交給我吧，我來解決。」他的語氣很平靜。

高行抓著兒子的手，不由得受到了衝擊。「這個人」？是在說自己嗎？

其他年輕人似乎接受了光瑠的意見，紛紛離開了。

四周變得安靜後，光瑠說：「回家吧。」

「好。」高行點了點頭。光瑠緩緩邁開步伐。高行慢慢跟在兒子身後，覺得自己好像老人。

「我為他們的粗暴行為道歉。」過了一會兒，光瑠說，「但是，爸爸你這樣突然闖進來也不對。」

「因為我叫他們讓我進來，他們也不給我進來。」

「世界上不是有很多種這樣的情況嗎？如果要說出大人不讓小孩進入的地方，更是不勝枚舉，有一個地方是相反的情況也不錯啊。」

「我是擔心你。」

「為什麼？」

「哪有為什麼，因為你……」

「如果你說慢跑就沒問題，做其他事就不行，我可沒辦法接受。」

「父母有義務知道自己的孩子在幹什麼。」

「小孩子也有隱私，也有保守秘密的權利。」

「要看程度而論。」

「你說的程度是大人擅自規定的吧。」

「不能讓小孩子自行判斷。」

「這就是大人的傲慢啊。」光瑠用平靜的口吻斷言道。

走出市民音樂廳，高行鬆開了光瑠的手臂，他覺得戶外的燈光比平時更明亮。

「明天我也會來這裡，」光瑠說：「爸爸，你也可以來，我邀請你來。」

「會讓我進去音樂廳嗎？」

「嗯，準備就緒之後，你可以親眼看一下到底發生了什麼事。」

「會發生什麼事？」

「就期待明天吧。」光瑠說完，仰望著天空，「真漂亮。這是牧夫座和武仙座，還有北冕座，今晚星星看得真清楚。」

高行也仰望天空，但光瑠手指的地方並沒有星星。不，應該有，只是他看不到而已。

4

第二天晚上，一點過後，白河家一家三口走出家門。優美子原本說很害怕，但最後還是決定同行。也許是因為光瑠說，希望媽媽也去看一下。

「如果是陌生人，會以為我們要夜逃。」

高行鎖上門後，開著玩笑說道。

「空著雙手嗎？」光瑠做出戲謔的動作問道。

「現代人夜逃，幾乎都是空著雙手，只要有各種提款卡和銀行存摺，就可以過日子了。」

「需要夜逃的人，還會有存款嗎？」

「正因為有存款，才想要夜逃啊，因為想要守住這些錢財。」

「你們不要這麼大聲討論這件事好嗎？別人真的以為我們要夜逃了。」

聽到優美子這麼說，高行和光瑠都笑了。優美子也笑了起來。高行覺得優美子故意表現得很開朗，其實他也一樣。

但是，隨著漸漸接近那棟建築物，這份開朗也急速消失了。還沒有完工的市民音樂廳和前一天晚上一樣，籠罩在可怕的黑暗中。

「在這裡面嗎？」

優美子露出害怕的眼神問道。

「對。」高行回答。

光瑠不再說話。他緊閉雙唇，毫不猶豫地走了進去。高行也牽著優美子的手跟了進去。建築物內很暗，看不清楚腳下，必須小心走每一步。

「你走慢一點。」

兒子走得很快，好像走在白天的馬路上，高行忍不住叫住了他。

走上樓梯，來到高行昨天衝進去後被逮到的音樂廳前。原本以為要走進去，沒想到光瑠走去旁邊的通道。

「不是要進去音樂廳嗎？」

高行問，光瑠似乎在黑暗中笑了笑。

「這裡是觀眾入口。」

「觀眾？」

「演奏家要在後台做準備。」

來到通道盡頭後，光瑠打開了一道大門。裡面一片漆黑。光瑠仍然大步走了進去。不一會兒，亮起一盞燈。強烈的光線讓高行忍不住皺起了眉頭，但光源是光瑠手上的筆燈。

光瑠看到高行他們的反應後說：

「即使只有這麼一點光量，是不是也感到很刺眼？人類的生活中充斥了太多的光。」

高行和優美子也走了進去，沒想到裡面很寬敞，周圍是水泥牆壁，右側有一小段樓梯，應該是從那裡走上舞台。

「好漂亮的音樂廳。既然已經完工一大半了，怎麼可以因為經費不足而停工。」

「要在這裡幹嘛？」優美子問。

「演奏啊，開音樂會。」

「音樂會？」

高行想起上次來這裡時，曾經聽到〈波麗露〉的樂曲。所以，光瑠只是在這裡舉行演奏會嗎？不，他立刻覺得不可能。

「光瑠，後面那些是什麼？」

高行發現後面有奇妙的儀器，所以問光瑠。從差不多像小型電視般的箱子內伸出一公尺左右的支柱，前端分成三個部分，分別連結了一個比排球稍微小一點的白球。

「這個嗎？這個就像是原聲吉他。」

「原聲吉他？這是怎麼回事？」

「據說從一九六〇年代後半期到七〇年代前半期，曾經非常流行民謠。雖然一方面是因為富有訊息性，也造就了很多有才華的人才，但普及的最大原因，就在於可以輕鬆地舉行音樂會。和其他類型的音樂不同，只要一把吉他就可以表演。當時民謠的最大目的，是前往各地戰場訴求反戰，所以需要有機動性。不久之後，從民謠發展出新音樂、搖滾，音樂更加多樣化，現在的年輕人為了聽好音樂去聽演唱會是很理所當然的事，但並不是拿一把吉他就在觀眾面前表演，而是把三大卡車的機器搬進根據音響工學建造的會場內，只要能夠創造出優質的音響效果，觀眾就會主動上門。但民謠對於培養人們在現場聽音樂的習慣功不可沒，這件事帶給我們一個啟示，想要推廣某件事，就必須具有機動性。因此就需要原聲吉他。」

「你想要推廣什麼？」

優美子仍然一臉擔心地問。
「我想要做的事和以前的民謠歌手一樣，想要傳遞訊息，傳遞超越音樂的訊息，尋找接收這些訊息的人。」
「超越音樂？有這種東西嗎？」
「有啊。」
光瑠把他稱為原聲吉他的奇妙機器移到高行他們面前。
「你們認為人類的感覺器官中，最進化的部分在哪裡？」
「眼睛吧。」高行回答。
「沒錯，但是很遺憾的是，人類幾乎完全沒有用眼睛享受。耳朵可以聽音樂，鼻子也可以嗅聞怡人的香氣，當然，味覺可以讓人類享受飲食行為的樂趣。」
「也可以運用眼睛享受啊，」優美子反駁道：「像是看美麗的繪畫或看電影。」
「那只是認知影像而已。比方說，看到小貓的照片覺得很可愛，並不是因為看到小貓的外形本身讓人感到舒服，而是因為知道那是小貓，藉由相關的經驗，內心覺得牠可愛，並不是真正靠感覺享受。」
「所以，你想要傳遞某些訊息，讓大家能夠用眼睛享受嗎？」
「沒錯，這就是相關的樂器。」光瑠摸著連在奇怪機器上的白球，「這是稱為C燈的日光燈，雖然普通人很少知道，但這是知名照明儀器公司在一九八七年推出的，這種燈的特徵就在於可以發出任意顏色的光。」

「可以發出各式各樣的顏色嗎？」

「沒錯，在開發出這種燈之前，並沒有任何光源本身可以變化顏色的裝置，創造不同顏色燈光的最簡單方法，就是將好幾種不同顏色的光源放在一起，然後用開關進行切換，但只能發出事先所準備的顏色。之後有人採用了稍微進步的方法，用同一個漫射器罩在發出紅、綠、藍三種顏色的光源上，在各個光源上裝以調光裝置，改變三色光的強度，變化出混色光。只不過採用這種方法時，每一個光源都要三個調光裝置，裝置本身會變得很大，操作複數個燈光時，需要極其複雜的回路，這些都是缺點。」光瑠舔了舔嘴唇，輕輕拍著白色球體，「這種C燈內部也有紅、綠、藍三種顏色的光源，但只有一個回路就可以發光。透過切換這個回路，可以讓三種光源依次發光。只要高速切換，看起來好像同時發出三種。只要改變切換的時機，三色光源的發光時間比就會改變，混合的光的顏色也會跟著改變。」

光瑠熱心地解說著，恐怕那家廠商的客服人員都會自嘆不如。高行大致能夠聽懂，抱著雙臂點著頭，但優美子中途就放棄理解了。

「總之，就是這種燈可以隨意發出各種顏色。」

「對。」光瑠看著媽媽點頭。

「而且只靠簡單的回路。」

高行補充道，顯示自己理解了光瑠說的話，光瑠欣喜地說：

「就是這樣，我把三盞這種C燈的裝置和電腦組合在一起後，就在半夜溜出家門了。雖然對於向你們隱瞞這件事感到抱歉，但因為這件事無法簡單解釋清楚。於是，我就去了第三小學。因為我在勘察好幾個地方之後，認為那所學校的屋頂是條件最理想的地點。」

「什麼條件？」

「首先，不會有人出入。其次，必須從四面八方都可以看清楚，第三，就是必須有電源。」

「沒有警衛嗎？」

「雖然有警衛，但警衛不會四處巡邏，恐怕他至今仍然無法想像，竟然有人從鐵網的縫隙鑽進去，在屋頂上發射光。」

「所以，你所做的事就是，」高行指著那個機器問道，上面連了三盞名為C燈的燈泡，「就是在小學的屋頂上發射這個光嗎？」

「我在演奏。」光瑠糾正說：「並不是單純發光而已。」

「也放音樂嗎？」優美子問道。

「不，當時並沒有使用音樂，現在才使用音樂發揮複合效果。」

「所以，你基本上只用光進行演奏嗎？」

「沒錯，我認為就像聲音的各種變化可以組成音樂，光也可以做到。」

「各式各樣的光閃爍的話的確很漂亮……」

光瑠似乎對父親的回答感到失望，苦笑著輕輕搖頭。

「漂亮或是不漂亮這種事，對音樂來說，只是音質是否清澈這種程度的事而已，雖然這也很重要，但旋律更加重要。」

「光也有旋律嗎？」

優美子瞪大了眼睛。

「有啊，只是大家都沒有發現而已。」

光瑠說完，關掉了筆燈的電源。黑暗再度包圍了高行他們。

「喂！」

「小聲點，大家差不多快到了。」

「呃……」

高行豎起耳朵。聽到觀眾席的方向傳來腳步聲。

「今天晚上，也有幾位家長一起來，是我同意的。」

「他們是怎麼找到這裡的？」

「我每天晚上都在小學的校舍屋頂演奏，同時傳遞出訊息。發現那道光的人為了尋求那道光，紛紛找上門來。當人數增加後，當然不可能在學校舉辦演奏會。而且我後來知道，能夠靠口耳相傳增加觀眾人數。我在飆車族的團長建議下，把舞台移到這裡，這裡是演奏光的理想場地，不會受到其他光的干擾，也不必擔心被外人看到。而且有一個當時工程用的電源還能夠供應。」

光瑠的聲音開始移動，接著聽到走上樓梯的腳步聲。

「要開始演奏了嗎？」

「差不多了。」

「不用把那台機器帶上去嗎？」

「我剛才不是說了嗎？那是原聲吉他，既然大家都來了，就要使用能夠演奏出最佳效果的樂器。」

舞台上似乎已經準備了其他裝置。

「再問你一個問題，你說的準備是指什麼？」

「說白了……就是觀眾的人數。」

「有所謂的目標人數嗎？」

「並不是只要人數多就好，未來我們將會遭遇困難，必須有足夠的人數，到時候才不會被擊垮。」

「……困難？」

高行原本想問他是什麼困難，但他還來不及開口，就聽到光瑠走上了舞台。

數秒後，響起了掌聲。

「老公……」

優美子不知道什麼時候站在他的身旁。她的手指摸到了高行的手背，他輕輕握住了她的手。

掌聲停止。一陣寂靜。

接著，舞台上傳來隱約的聲音。像是長笛的聲音。高行知道這首樂曲，就是前一天晚上也聽到的〈波麗露〉。

「老公，有光……」

聽到優美子的話，高行也點了點頭。淡紫色的光從舞台入口的方向不時照了過來。高行牽著妻子的手走上階梯。他們站在舞台旁看著光源。

「這是……」

高行睜大眼睛，說不出話。

舞台中央有一個光環。仔細一看，有十二盞光瑠剛才提到的C燈，像時鐘的數字刻盤般，配置在各個數字的位置。每一盞燈發出燈光，變化出不同的顏色、光度和發光的方式。

光瑠就在光環後方演奏著鍵盤式的電子合成器。那當然不是普通的電子合成器，而是他在這一年期間，在自己家裡不斷改造的裝置。這是可以同時演奏聲音和光的樂器。

隨著樂曲的進行，音量越來越大，光瑠在演奏時的動作也越來越大，光的變化更加激烈。

十二盞燈各自獨立，發出各式各樣的光。時紅時藍，時朱時綠，也有粉紅色和淡紫色，如果由光瑠來說，應該還有石竹色、唐紅色和淺黃色，但這些顏色並不是雜亂無章，而是可以從中感受到某種協調的意志。

〈波麗露〉漸入佳境，管弦樂隊在演奏這首曲子時，所有的樂器都會在這裡同時演奏。

光環增加了光度，不停地閃爍。有時候十二盞燈都發出白色，也有時候所有的燈都熄滅。

高行發現自己漸漸陶醉其中，所有的思考都從腦海中消失，身體有一種輕飄飄的感覺。

優美子似乎也有相同的感受，她的身體輕輕依偎過來。高行支撐著她的身體，按了按雙眼的眼角，將視線移向觀眾席。

——這是怎麼回事？

高行忍不住低聲嘀咕。一百名，不，有差不多兩百名少男和少女站在那裡被光的演奏深深吸引，每個人都露出陶醉的表情。他們的身影也在光的照射下變化不同的顏色，彷彿沐浴著七彩的光雨。

「未來我們將會遭遇困難。」

高行的耳邊迴響起光瑠剛才說的話。

5

志野政史剛走進正門，有人從背後拍了他的肩膀。回頭一看，身穿深藍色制服的清瀨由香面帶微笑地看著他。

「你怎麼了？看起來無精打采。」

由香微微向右側著鵝蛋形的臉問道。如果是以前，由香用這種方式主動和自己說話，自己一定會全身發燙，也無法正視由香的臉，但現在完全不會有這種反應。

「清瀨，真羨慕妳每天都很有精神。」

政史隨口回答道。他以前甚至無法和由香這麼輕鬆對話。

清瀨由香斜眼瞪著他說：

「這句話是什麼意思？說人家每天都很有精神，簡直就像在說人家是傻瓜。」

「我只是很羨慕妳。」

「是嗎？不過，你真的怎麼了？身體不舒服嗎？」

由香神情嚴肅地問道。不久之前，他完全無法想像心儀的清瀨由香竟然會關心自己。

「我沒事，沒問題。」

兩個人並肩走在一起。他們必須穿越操場才能走到教室，最近經常下雨，有些地方很溼滑，所以走路要非常小心。

「志野，」走進校舍後，由香突然壓低嗓門，「我還想去參加那個音樂會，下次是什麼時候？」

「喔喔，那個……」

果然是為了這件事。政史心想。對目前的他來說，這個問題很痛苦。

「涼子和小薰也說那場音樂會太棒了，她們還想去聽。我已經答應她們了，所以拜託啦，再帶我去一次嘛。」

由香用撒嬌的語氣說了最後一句「再帶我去一次嘛」，之前完全沒把他放在眼裡的女生竟然用這種語氣對他說話。

「不瞞妳說，目前正在休養。」

政史低頭走上階梯時說。

「休養？誰在休養？」

「演奏者啊，他最近正在休息，說是有點累了。」

「休息到什麼時候？」

「不知道啊。」

「是喔。呿，那我也要去告訴小薰她們。」由香一臉無趣地說完後，再度把臉湊了過來。政史聞到洗髮精的味道，不由得心跳加速，「志野，下次可不可以介紹給我認識？」

「介紹？光瑠嗎？」

「沒錯沒錯，他叫光瑠，希望你可以把我介紹給他。」

由香雙眼發亮。

「好啊……」

「真的嗎？一言為定喔。」

由香說完，似乎看到她的朋友在前面，對政史說了聲：「我先走囉。」衝上了階梯。

兩個星期前，政史聽到由香和她那個叫小薰的朋友在聊那場神奇音樂會的事。

「光樂家？什麼意思，和我們上課的學科有關嗎？」

坐在斜前方的由香笑著說道。因為是休息時間，隔壁班的女生站在她旁邊。政史之後才知道，那個女生名叫小薰。

「妳在說什麼啊，不是啦，是利用光表演。」

「表演什麼？」

「演奏，或者說是舉辦音樂會，總之，聽說超美的，而且不僅僅是美而已。」

她說到這裡時彎下了身體，把嘴巴湊到由香耳邊說了什麼。

「真的嗎？」

「真的啊，聽說感覺很舒服。」

「是喔，」由香點了點頭，似乎不太理解，「所以妳想去參加嗎？」

「是啊，只是我沒有管道。告訴我這件事的朋友自己也沒去過，好像也是聽朋友說的。」

「是喔，那聽起來很不可信啊。」

聽到由香這麼說，隔壁班的女生露出嚴肅的表情搖著手。

「好像不是亂說，只是很麻煩，不是誰都可以輕易去參加，而且是在半夜舉行。地點就在我家附近，所以妳可以來我家住，問題在於沒有裡面的人可以帶我們去。」

「是喔。」由香又說了一次，這次的聲音和剛才不太一樣。

「我原本還以為妳可能知道什麼消息……原來妳不知道啊。」

「我完全不知道，也從來沒聽說過這件事。」

「是喔，原本我還想指望妳。」

那個女生一臉遺憾地走出了教室。

政史聽完她們的對話，內心覺得「機會來了」，打算等到由香一個人的時候去找她。午休的時候，他終於等到了絕佳機會。政史叫住了獨自走在走廊上的她，告訴她說，他可以幫忙搞定光樂家音樂會的事。

「啊喲，你聽到我們說話嗎？」

由香露出不悅的表情。

「是不小心聽到的，」政史指著自己的耳朵笑了笑，「我是想，也許妳真的想去，所以才來向妳說一聲，但妳好像並不是認真的。」

「沒有啊，只是你真的有辦法嗎？聽說需要透過管道才能去參加。」

「我沒騙妳，如果妳不相信就算了。」

「等一下，剛才的女生叫小薰，我和她討論一下，然後再答覆你，可以嗎？」

「喔，好啊。」

政史回答後，由香快步走向前，但又立刻停下腳步，轉頭看著他說：

「我沒想到你會告訴我這件事，真是人不可貌相。」

「希望能夠為我的形象加分。」

由香說完，再度邁開了步伐。

我真的改變了。政史心想。以前那麼在意別人的眼神，如今完全拋在腦後，不會再為小事煩惱，也不會一直消沉沮喪。說白了，感覺什麼都不怕了，甚至有點搞不懂以前到底為什麼那麼畏畏縮縮。

政史當然很清楚其中的原因。多虧了那道光，自從認識白河光瑠，沉浸在他演奏的光雨中之後，雜念就像一張薄紙般從腦袋裡撕開了。看到那些光時，渾身沉浸在陶醉感之中，靈魂好像離開了身體，進入了更高的境界，這種狀態也許可以稱為自我超越。演奏結束後，全身的神經格外敏銳，思想也很容易集中，渾身充滿活力。

政史的成績有了飛躍性的進步，覺得無論做什麼事都可以成功。

在他主動找由香那一天的放學後，她來到政史面前，說希望可以帶她們去參加光樂家的音樂會。

「二班的小薰和涼子也要一起去，沒問題嗎？」

由香對他露出諂媚的眼神，政史回答說，當然沒問題。

翌日晚上，政史獨自走出家門。平時堅持要接送他的媽媽那天剛好去旅行，他暗自感到慶幸，但即使媽媽沒有去旅行，他也打算要拒絕媽媽繼續接送。他和由香她們約在二十四小時營業的便利超商見面後，一起前往會場。

「哇，這裡太猛了。」這是由香她們看到會場後的感想，而且對飆車族負責站崗感到驚訝，對會場內漆黑一片也感到不安，但光瑠的演奏帶給她們巨大的衝擊。

演奏結束後，由香她們仍然愣在原地無法動彈。政史也體會到強烈的恍惚感，但她們第一次感受到光雨，所受到的影響非比尋常，眼神都有點渙散。

那次之後，由香對政史的態度就很熱絡。一定是因為她當時太受感動，所以也美化了帶給她這份感動的政史。也許是擁有共同秘密的同伴意識使然。總之，只有光瑠的音樂會，能夠繼續維持由香對自己的興趣。

然而，情況發生了變化。

因為無法繼續在興建到一半的市民音樂廳舉辦音樂會，光瑠也把會發出光的神奇樂器帶回家了。

光瑠說，那些公務員遲早會去那裡。因為之前讓家長看到了光的音樂會，所以消息已經傳開了，早晚會傳入那些公務員的耳朵。那些公務員不顧自己浪費民眾的納稅錢，一定會來阻止小孩子擅自進入未完成的建築物，說什麼太危險，所以不可以進入，或是這裡還未完成，近期將會復工，然後會切斷之前留下的電源，並封鎖所有出入口，暫時會派人監視巡邏。總之，他們徹底討厭所有不在他們計畫之內的事。

光瑠說，和那些人爭辯只是浪費時間，甚至最好不要遇到他們。那些公務員也希望在展開驅離行動之前，擅自闖入的人可以自動離開。

不久之後，就證明光瑠的預料完全正確。聽說在光瑠把樂器搬走的三天之後，市公所派人去調查市民音樂廳。雖然那些公務員確認的確有人擅自使用，但並沒有把事情鬧大，他們可能擔心市民再度想起因為他們的計畫不完善，導致浪費民眾的納稅錢這件事。

問題在於今後要在哪裡舉行音樂會。那些飆車族——假面摧毀團的人正在尋找廢棄的Live House，但政史不知道目前的進展如何，只不過眼前只能仰賴他們。

政史已經有一個多星期沒有接觸光瑠的演奏了，除了上次被父母禁止半夜外出以外，從來不曾有過這麼長的間隔。

到底什麼時候會舉行？到底什麼時候還能夠再欣賞充滿戲劇性的光的旋律？——不需要由香催促，政史就急切地等待下一次音樂會的日子。

政史的教室在三樓，他坐在靠窗的第四排座位。

第一節是數學課。政史拿著自動鉛筆，看著老師的臉準備抄筆記。數學老師嚴肅的臉上一雙眼睛瞪著全班學生，長得像塌鼻子的天狗。

「其次，在這個空間內，與直線L直角相交，經過P點的平面公式是——」

老師滔滔不絕地講課，政史想要仔細聽，但當他回過神時，發現自己在想一些無關緊要的事，老師已經講到很後面了，他慌忙把教科書翻到後面。

要仔細聽，要認真上課。雖然他這麼告訴自己，卻無法專心聽老師說話，稍不留神，就開始想其他的事，注意力越來越渙散。

這一陣子缺乏專注力，無論做什麼都半途而廢。心情浮躁，在家裡的時候，也無法一直坐在書桌前讀書。現在也一樣，他一直在意後方同學的竊竊私語聲。

政史知道，這是因為沒有接觸到光雨的關係，之前父母禁止他深夜外出時，也曾經發生過類似的情況，所以今天早上由香說他無精打采並不是隨口說說而已。

難道沒有那個光，自己就無法做任何事了嗎？他突然浮現這個念頭。這個想像讓他沮喪。怎麼可能？不可能。正因為那些光給自己帶來太大的幫助，所以才會有這種想法——政史努力不讓自己把事情想得太嚴重，同時凝視著老師的臉，試圖專心聽老師授課。

這時，他發現老師的鼻子發出紅光。

政史睜大眼睛，發現光漸漸擴散，不一會兒，就包圍了老師的全身。光很快變成了藍色，然後又恢復了紅色。由紅轉藍，由藍轉紅，而且顏色變化的速度越來越快，最後變成了紫色的光。

政史並沒有納悶這是怎麼回事，只是茫然地看著眼前的影像。在他感到奇妙或是異常之前，他只是覺得眼前的景象很美，很想要隨著那道光而去。

紫色的光漸漸靠近他，但他仍然露出空洞的眼神。

「喂，志野。」光中傳來了聲音，「喂，你怎麼了？在發什麼呆啊？」

政史被人用力搖晃身體，光急速消失，出現了數學老師的臉。

「啊，老師……」

「你怎麼了？怎麼流這麼多汗？」

「呃……」

政史摸了自己的臉，手掌全溼了。連他自己也不知道發生了什麼狀況。

「喂，你沒事吧？」

老師看著他的臉問道。

「是……我沒事。」

政史拿出手帕擦著額頭，他從眼角掃到清瀨由香轉過頭，一臉擔心地看著自己。

這一天，政史放學回到家，收到一張明信片。一看寄信人的名字，他深深鬆了一口氣。因為寄信人那一欄寫著「光樂家」三個字，背面寫了以下的內容。

「日期　六月三十日（星期二）晚上九點
地點　天鵝公園戶外舞台
（雨天中止）」

6

小塚輝美在自己的房間寫功課時，聽到了母親的聲音。

「你每次都這麼說，說什麼是為了家人，所以才這麼做，不要有怨言。對你來說，家人到底是誰？並不是我和輝美，只有你和那個老太婆而已吧？」

那是像指甲刮到黑板般刺耳的聲音。輝美放下自動鉛筆，雙手捂住了耳朵，但還是可以聽到母親的聲音。

「你倒是說話啊，到底誰更重要？你把話說清楚。」

低聲的嘟囔應該是父親在說話。祖母不在家，她在自己房間吃完午餐後就出門了，這一陣子，祖母從來不在餐桌上和大家一起吃飯。

輝美討厭星期六和星期天，因為假日就不得不面對家人。非假日時，父親去上班，母親最近也去打零工，然後用賺來的錢去學才藝，最重要的是，自己可以逃去學校。

她也曾經反省，知道自己不能逃避，不可以在這種小事上認輸。尤其每次看完光瑠的演奏後，這種想法更加強烈。總覺得受到了激勵，為自己帶來了勇氣，好像可以承受任何事。

但是，已經有十天沒有看光瑠的演奏了，她發現感動的餘韻漸漸淡薄，自己又陷入了沮喪。好想見光瑠，好想再看光的旋律。聽說一旦決定音樂會的時間，就會通知主要成員，但輝美對於自己能不能接到通知沒有自信。

哐啷。有什麼東西打破了。接著傳來父親的咆哮聲和母親歇斯底里的抗議聲。

輝美滑下椅子，蹲在地上，抓起床上的毛巾被把頭蒙了起來。她不想聽到任何聲音，也不想看到任何事。如今她只渴望光的交響曲。

光瑠，快來，快來救救我——她在心裡吶喊。

那天晚上，輝美聽到窗外傳來爆裂聲，並不是一群人，而是一輛機車在馬路上繞行。她走到陽台上，想要看騎車的人，但只聽到引擎聲迴盪，看不到騎士的身影。

一定是假面摧毀團的成員。輝美心想。他們聽了光瑠的演奏，覺得「比在路上飆車更爽」，如今不知道什麼時候能夠再度聆聽演奏會，他們只能再度回到街頭。

「快一點嘛。」

輝美仰望著天空小聲說道，然後忍不住感到驚訝。她很久沒有看夜空了，但以前從來不曾在天上看到那麼多星星。她不由自主地揉了揉眼睛。

我渴望光——這個想法突然浮現在她腦海。

輝美隔天就收到了音樂會的通知。她看到明信片後欣喜若狂。不僅是因為得知自己成為主要成員，更因為對可以再度接觸到光的演奏充滿了期待。她拿著明信片回到房間，在日曆上做了很大的記號。

輝美覺得等待音樂會的日子很漫長。這段時間，父母的不睦並沒有改變，她每天都感到憂鬱。她覺得如果不是音樂會即將舉行，自己可能會被逼瘋。事實上，她曾經再度神智不清地走到陽台，想像著自己死去的樣子，但想到一旦死了，就再也見不到光瑠，總算克服了這個念頭。

唯一的擔心是天氣的問題。「雨天中止」的但書讓她的胃感到疼痛，她默默祈禱千萬不要下雨。

也許上天聽到了她的祈禱，當天天氣晴朗。輝美向父親打了招呼後走出家門。她的父母這一陣子都不再管她的事。

從輝美家搭公車去天鵝公園大約三十分鐘。她在公車站等車時，一輛黑色機車停在她面前，騎士脫下安全帽，原來是相馬功一。

「妳是不是要去那裡？上車吧。」

他指著自己身後，輝美點了點頭，毫不猶豫地坐上了他的機車，抱著功一的身體。她完全不覺得自己坐在飆車族的機車上，對她來說，他們是比任何人更值得信賴的朋友。

「走囉。」

戴好安全帽後，功一就出發了。輝美覺得身體被一股力量向後拉，雙手趕緊用力。

天鵝公園以擁有眾多櫻花樹而著稱，每到賞櫻季節，附近公司行號的人都會湧入公園，也有人在公園內設攤，但除此以外的時間幾乎被眾人遺忘。聽說以前公園的水池裡曾經養了天鵝，只是如今完全見不到任何天鵝，只是一潭汙水而已。

輝美從來沒有聽說有人曾經在天鵝公園的戶外舞台辦音樂會或是表演，她最後一次去那裡時，看到已經成為小孩子玩耍的地方。

如今，這個戶外舞台終於可以發揮作用了。因為光瑠將在那裡舉辦音樂會。

當輝美和功一來到公園時，發現公園內已經有三百多個年輕人，舞台前的座位上幾乎都是熟面孔，也有不少人在舞台上協助光瑠設置樂器。

輝美和功一並肩坐在第二排座位。

「這一陣子沒看他演奏，心情很浮躁。」功一看著前方說道。

「我也一樣。」輝美回答說，「只要遇到不愉快的事就很沮喪，也不想振作。」

「真奇怪，這代表他的演奏真的有很大的威力。」

「是啊，威力很驚人。」

準備已經就緒，舞台上的人也都回到了觀眾席，光瑠很快從左側走上舞台。他穿著T恤和牛仔褲，他在那個奇妙的樂器後方坐下後，向旁邊打了暗號。幾秒鐘後，周圍一片漆黑，前一刻還亮著的公園路燈全都暗了下來。

輝美仰望天空，今天沒什麼雲，但看不到月亮。原來是新月。她終於發現了這件事，所以光瑠特地挑選今天舉辦演奏會。

光的交響曲拉開了序幕。

7

杯子裡的咖啡搖晃，出現了許多漣漪。因為指尖顫抖不已，想停也停不下來。我這是怎麼了？政史心想。從昨天開始就這樣。

「怎麼樣？沒問題吧？」

清瀨由香哆聲問道，她一定覺得只要用這一招，政史就無法拒絕。

「只要一個小時就夠了，隨便聊一下就好。因為我已經答應對方了，拜託你，別讓我丟臉。」

放學後，由香說有事要找他，約他來到咖啡店，結果是希望他答應接受雜誌的採訪。由香有一個朋友是自由撰稿人，對光瑠的演奏會很有興趣。

「我說不出什麼內容啊。」

「沒關係，只要告訴他是怎麼回事就好。那我去叫他，你在這裡等我。」

由香急急忙忙衝出咖啡店，似乎很擔心政史改變心意。

光瑠之前就曾經指示，萬一有媒體找上門時的應對方法。總而言之，就是據實以告。接受採訪時，只要說出自己的真實感受就好。

——但要怎麼傳達那種美妙的感覺？

政史隔著咖啡店的窗戶看著戶外，今天似乎不必擔心會下雨。希望下星期也可以放晴，下星期二也要放晴。

每週在天鵝公園舉辦一次演奏會至今已經三個月，觀眾人數漸漸增加，目前已經有將近千人。只要參加過一次，就會想要再去。參加過兩、三次的人必定不會再缺席。

政史至今為止也從不缺席，就連暑假期間也一樣。一週的時間變得很漫長。演奏會都固定在星期二舉行，每到星期天，渾身就已經按捺不住了。

但是，這個星期因為下雨中止，只能等到下個星期。雖然之前也有幾次中止，政史每次都感到難以形容的倦怠感。現在也一樣。星期二之前的時間漫長得令人絕望。

不一會兒，由香帶著一個男人出現了。那個男人年約三十歲，曬得很黑，短袖夾克下露出了粗壯的手臂，無論深色的墨鏡和褪色的牛仔褲，看起來都很做作。

那個姓芹澤的男人第一個問題是，自稱是光樂家的演奏者到底是什麼人。政史淡淡地笑了笑。

「除了知道他叫光瑠以外，我不太清楚。他和我們一樣，都是高中生。」

「你是怎麼認識他的？」

「說來話長。」

政史簡單說明了當初發現那道光時的情況，芹澤可能不相信這麼多年輕人被光吸引而聚集在一起，一臉訝異地做著筆記。

「那些光有什麼力量？那個叫光瑠的有沒有告訴你們原理？」

政史搖了搖頭：

「原理根本不重要，總之，只要觀賞他的演奏，身心就會很舒服，有一種心靈被淨化的感覺。」

「會感覺輕飄飄的。」由香在一旁插嘴說，「好像心離開了身體，但之後腦袋變得很清晰，身體內充滿力量。」

「簡直就像魔法嘛。」

芹澤瞪大了眼睛。

「沒錯，光瑠的確就像魔術師。」

「是不是像腦波同步儀一樣，眼罩上有數十個閃爍紅光，只要戴上眼罩，放鬆全身的力量，大腦發出的 α 波就會增加，進而消除壓力。我記得那個也會使用背景音樂。」

政史聽了芹澤的話，忍不住苦笑了起來。

「光瑠曾經說，那也算是低階的模型。」

「低階喔，原來如此。」芹澤聳了聳肩後，探出身體說：「我聽由香說，只要聽過一次就會上癮。只要有一段時間……沒有觀賞光的演奏，就會覺得精神不正常。」

「我可沒這麼說，我只是說會很浮躁，坐立難安。」

由香表示抗議。

「是嗎？總之，會出現戒斷症狀。」

「戒斷症狀……」

政史從來沒有往這方面想，所以有點措手不及。「我覺得不是這樣，」他回答說：「是因為演奏太美妙了，想要再看，想要趕快再看，只是這樣而已。如果這就算是戒斷症狀，或許可以這麼說。」

「真的只是這樣而已嗎？」

「什麼意思？」

「芹澤，你到底想說什麼？」

由香厲聲問道。

「不，我並不是想說什麼，只是上癮這件事令人好奇。根據我聽了之後的理解，不像是單純看了演奏之後感動，而是有一種類似毒品的魅力。」

「毒品？」

「不，我失言了。」芹澤慌忙搖著手，「我的譬喻過當，我收回剛才的話。我可不可以也去參加音樂會呢？我想只要親臨現場，應該最能夠體會。」

「可以自由參加啊，誰都可以去，下星期二晚上九點會在天鵝公園舉行。」

芹澤記錄下來後說：「那我就去親眼見識一下。」

這天回家之後，接到了由香打來的電話。

「對不起，你一定感覺很差吧？」電話那一端傳來由香戰戰兢兢的聲音，「我沒想到他會說那種話，你有沒有生氣？」

「我沒事。」

他們閒聊了一下後掛上電話。現在即使接到了心儀的清瀨由香打來的電話，他也不再興奮激動了。

而且，這天晚上他感到身體很疲倦，什麼事也不想做，甚至懶得思考。吃完晚餐後，就早早上了床。

他目不轉睛地盯著天花板。

天花板的角落突然發出紅光，然後好像汙漬擴散般，光的面積越來越大。

正當看得目瞪口呆，發現光一下子被吸進了其中一側的牆壁。

戒斷症狀、毒品——

這些字眼突然浮現在腦海。

8

十月初的某一天，假面摧毀團的團長宇野哲也對相馬功一說：「陪我去一個地方。」但哲也並沒有說要去哪裡，顯然是希望他別問，默默跟著去就好。

他們分別騎著機車前往他們居住的地方都市市中心，道路很寬，但擠滿了廂型車和貨車，沿途都在塞車。最近這一帶也建了很多高樓。

哲也在一家剛落成的飯店後方停好機車。那家飯店有二十幾層樓。功一也把機車停在旁邊。

哲也抱著安全帽，從後門走進了飯店。

「誰住在這裡？」功一追上去時問哲也。

「你別問。」哲也回答。他不停地舔著嘴唇。

他們走去電梯廳，總共八台電梯不停地上上下下。今天似乎有人在這裡舉辦婚禮，電梯內有一群穿著禮服和振袖和服的人。

一個肩膀很寬的高大男人不知道什麼時候出現在他們旁邊，他的臉好像用雕刻刀刻出來的，臉上完全沒有表情。他向哲也使了眼色，眼前的電梯打開後，他揚了揚下巴，示意哲也和功一進去。功一走進電梯，哲也和大個子男人也走了進來。

電梯樓層數的按鍵只到二十樓為止，但大個子男人沒有去按電梯的按鍵，而是把鑰匙插進了操作板上方的鑰匙孔，十公分見方的小門打開了，上面有兩個縱向排列的按鍵。大個子男人按了上方的按鍵，然後關上小門，用鑰匙重新鎖好。

「那是ＶＩＰ專用。」哲也小聲地說，大個子男人瞪了他一眼，示意他少說廢話。

他們在二十二樓走出電梯。功一和哲也跟在大個子男人身後走了出去，走廊上鋪著深茶色的地毯，地毯的毛很長，總覺得好像不應該穿鞋子走在上面。功一東張西望，發現連壁紙也比其他樓梯高級多了。

大個子男人在走廊盡頭停下腳步。前面是一道很厚實的門，大個子男人敲了敲門，敲門聲聽起來的確很沉重。

過了一會兒，門緩緩打開了，出現了一個穿著深色迷你裙套裝的女人。她戴著金色細框眼鏡，功一覺得她差不多三十歲左右。

女人對著大個子男人點了點頭，他似乎完成了工作，轉身沿著走廊離開了。因為地毯的關係，完全聽不到他的腳步聲。

「請進。」女人輪流打量著他們後，把他們請進房間內。房間很寬敞，有一張她使用的書桌，還有放電腦等辦公設備的桌子，房間深處還有另一道門。

「宇野來了。」

女人對著桌子上的對講機說道，對講機傳來男人低沉的聲音：「讓他進來。」

女人用眼神示意他們跟著她，打開房間深處的那一道門，功一跟著她和哲也走了進去。

寬敞的房間中央放了皮沙發，一個身穿深綠色富有光澤西裝的男人坐在沙發上。他的年紀大約四十五、六歲，雖然不胖，但個子很高，臉也又長又大。輪廓很深，一頭濃密的頭髮向後梳，感覺不太像日本人。

「妳可以回去工作了。」

男人對女人說，女人微微欠身後，走出了房間。男人目送她離開後，對功一他們說：「過來坐下吧。」

他的聲音很低沉，但語氣很沉穩。哲也在他對面坐了下來，功一也在哲也身旁坐下。

「我以前沒看過你。」

男人看著功一說。

「他叫相馬，是我的副手。」哲也向男人介紹，功一再度向男人鞠躬，自我介紹說：「我叫相馬功一。」

「嗯，我姓佐分利。」

男人說完，把手伸進西裝內側口袋。功一以為他要拿名片，可惜猜錯了。他拿出從週刊上撕下來的彩頁報導放在桌上。

「你看過了嗎？」佐分利問哲也。

「我看了……」哲也回答，他的聲音有點發抖。

那是上週出版的週刊雜誌，上面刊登了首次介紹光瑠演奏會的內容，功一也有那本雜誌。雜誌的標題是「令一千名年輕人著迷的光的魔術師」，還大大刊登了在天鵝公園舉行演奏會的情況。

「這件事引起了很多討論，連電視新聞也報導了這個消息，我記得是這個星期二，我也看了。雖然只播了一小段，但的確很奇特。」

在雜誌刊登這篇報導後，有一家民營電視台提出想要採訪，雙方約定不會追問光瑠的身世後接受了採訪。新聞播出後也引發了很大的反響，有兩家電視台提出希望用特別節目的方式報導。功一和哲也目前是聯絡的窗口，正打算和光瑠討論再作出決定。

「超越音樂的光樂，很愉快，真是太愉快了。」佐分利用一點都不愉快的語氣說完後問哲也：「上面提到的飆車族是你們嗎？」

「對不起。呃……我一直想趕快向你報告，但該怎麼說，總覺得報告這種事也會造成你的困擾……」

向來在功一他們面前表現得很毅然的團長有點不知所措。

「我透過其他管道聽說你們開始做一些奇怪的事，但我以為只是小孩子的遊戲，所以也就沒有多在意，以為只是想要出鋒頭的小孩在耍把戲。」

「對，真的就是這樣。」哲也慌忙回答，一滴汗水從他的額頭流了下來，「並不是什麼大事，只是耍把戲而已，我們也是鬧著玩而已。」

但是，佐分利並不相信他說的話，等哲也說完後，他從桌上的雪茄盒裡拿出一支雪茄，用成對的水晶打火機點了火。

「為什麼要隱瞞？」

「不，我並沒有隱瞞……」

哲也搖著頭，佐分利不理會他，自顧自說道：

「不瞞你說，在找你們來之前，我已經派我手下的員工去摸了一下你那裡其他人的情況，為了確認這上面寫的內容是真是假。」

他夾著雪茄的手指指著桌上的彩頁報導，功一也知道他說的「上面寫的內容」指的是什麼。

「結果發現，那個光的演奏果真非同小可。」

「不，並沒有……」

「別想在我面前掩飾。我接獲的報告是這樣，觀賞過那個光的演奏的人幾乎毫無例外地會上癮，如果間隔太久，就會出現戒斷症狀。身體會無力，整天懶懶散散，但只要看了演奏，就會重新振作，行動力也超強。喂，是不是很像某樣東西？你們認為呢？」

即使聽到他的問題，哲也仍然抱著雙臂，不發一語地靠在沙發上。佐分利輪流看著兩個年輕人，笑了起來。

「這根本就是毒品啊，這不是毒品，什麼是毒品？」

「不是。」功一忍不住說道：「因為我認為那對身體沒有任何危害。」

佐分利笑了起來，緩緩抽了一口雪茄，吐出灰色的煙後說：

「對身體有沒有危害這件事和我們無關，我說的毒品，是指可以用來做生意。」佐分利再度看向哲也，「哲也，怎麼樣？這是不是毒品？」

哲也低頭沒有動靜，可能覺得自己不回答，就無法結束眼前的局面，只能小聲地回答：「也許吧。」

「一開始就這麼乖巧不是很好嗎？」佐分利滿足地點了點頭，「下次帶他來。」

「啊？」哲也抬起了頭。

「呃，帶他來……」

「當然是那個叫光樂家的少年啊。」

「恕我直言，這件事請你見諒，他只是普通的高中生。」

「見諒是什麼意思？我又不是要吃了他，只是有事要找他，所以才想要見面啊。」

「但是……」

「哲也，」佐分利收起下巴，注視著眼前這個年輕人的臉，「我之前一直很照顧你們，我只是指示你統率那些在夜晚徘徊的人，也向你傳授了新團體的手法。我很肯定你之前的成績，你做得很好，如果你放棄了之前的活動方式，摸索出新的方法，和那個叫光樂家的人聯手，這也很好，非常好。而且光樂這種東西比破壞主義更加有效，但是，如果這個行為是對我的背叛，我當然不能袖手旁觀。」

雖然他語氣平淡，卻充滿了威嚴，哲也臉色發白。

「專董，怎麼可能背叛……」

「我當然相信你，所以帶那個少年來見我。沒問題吧？如果你說你做不到，」佐分利將輪廓很深的臉轉向功一，「那這件事就交給相馬，相馬一定不會不願意。」

聽到佐分利的話，功一想要開口告訴他，自己也不願意，但哲也搶先開了口。

「呃，我會想辦法，一定會讓專董滿意。」

「我就知道你會這麼說，」佐分利按著桌上對講機的按鍵說：「宇野他們要回家了。」

幾秒鐘後，門打開了，剛才的女人走了進來。功一也跟著哲也站了起來。

「啊，有一件事情我忘了說，」功一他們跟著那個女人正準備走出房間時，佐分利說道：「那個光的演奏會，暫時別再舉行了。因為下次將由我來主辦。」

「不，但是你剛才也說了，如果不聽演奏會，很多人會受不了。」

「既然這樣，就趕快帶那個叫光樂家的少年來見我啊。」

「呃，另外，有電視台說想要做特別節目……」

「我知道，這件事我會想辦法處理，你們不必擔心。」

佐分利輕輕揮動手指，年輕女人笑著示意他們離開。他們只好走出房間。

「我不知道你有這樣的後台。」

走出飯店後，功一對哲也說道，哲也自嘲地笑了笑。

「你以為我是用自己的錢製造自製炸彈嗎？」

「你這麼說也有道理，但……他是誰啊？」

功一豎起大拇指，指著飯店上方。

「詳細情況我也不太清楚，只知道他長期租用了這家飯店頂樓的房間，每個月都會來這個城市幾次，那個高大的保鑣和那個女秘書都一直跟著他。」

「他是哪個行業的人？黑道嗎？」

「雖然不是純粹的黑道，但好像有關係。」

「你去哪裡認識這種人？」功一問道。

「不是我去認識他，而是對方知道我。我以前在舊團體當老大的時候，他有一天突然上門找我，問我要不要成為新團體的飆車族。」

「為了什麼目的？」

「不知道，就像佐分利剛才說的，他叫我統率夜晚的街頭，還會提供資金。」

「所以，你就成立了假面摧毀團嗎？」

「我原本就對手下的飆車族感到厭倦了，所以就覺得是絕佳的機會，但當時佐分利曾經對我說，絕對不要問為什麼，也不要問他們的目的是什麼，以及他們到底是誰。」

「聽起來就很可疑，」功一說，「我們只是被人利用嗎？沒想到假面摧毀團是這麼可疑的團體。」

「這個世界上有哪個飆車族不可疑？」哲也自嘲地說。

「喂，等一下，除了我們以外的新團體呢？其他城市不是也出現了很多新團體嗎？」

「那些團體應該也是佐分利讓他們成立的，」哲也輕描淡寫地說道：「在相同的時期陸續出現同樣的新團體，用膝蓋想也知道絕對有問題。」

「全國各地都出現了新團體。」

「這代表他把手伸向了全國各地，」哲也說完，搖了搖頭，「搞不好是全世界。」

功一忍不住發出呻吟，「那個叫佐分利的傢伙到底是何方神聖？」

「不可以去探他們的底啊，」哲也說完，左顧右盼後，把臉湊到功一面前，「不瞞你說，我曾經和其他地區的新團體團長聊過，聽他說，佐分利背後還另有後台。」

「另有後台？」

「對，佐分利叫那個人『會長』。」

「會長？那個人又是哪裡的誰？」

「我怎麼可能知道？但有一件事很明確，那個『會長』是日本資訊產業界的人，而且在背後操控媒體和出版的世界。」

功一搖了搖頭，表示難以理解。

「這種人和飆車族有什麼關係？」

「這種事我當然不可能知道。」

哲也很不以為然地說。

功一想要戴上安全帽，然後想到一個問題要問哲也。「光瑠的事怎麼辦？他打算把光樂當作海洛因和大麻，用來做生意賺錢，這樣也沒問題嗎？」

哲也騎上機車，嘆了一口氣，「即使我不答應把光瑠帶來這裡，你也會把他帶過來。」

「我才不會呢，我不會聽任他擺布。」

「不，你會。」

「我才不會，我不會出賣光瑠。」

「問題是，最後還是會出賣他。只要我無視他的命令，隔天你就會被再度找來這裡，然後親眼目睹他們怎麼狠狠教訓我，於是你就會嚇得屁滾尿流，聽任他們的擺布。」

「怎麼可能……」

「你真幸福，什麼都不知道。」哲也發動了機車引擎後繼續說道：「剛才我不是提到，有其他團體的團長告訴我佐分利的事嗎？他為了進一步調查佐分利，就去跟蹤了他，你知道結果怎麼樣嗎？」

「結果怎麼樣？」

「我不知道發生了什麼事，但顯然發生了一些狀況，現在那個人連佐分利的頭髮是什麼顏色也不想知道，把忠誠當作騎士夾克穿在身上。」

功一想要吞口水，但不太順利。因為他口乾舌燥。哲也又補充說：

「這個世界上，有很多我們所不知道的拷問方式。」

說完，他戴上了安全帽。

「雖然他們不會要我的性命，但也不會輕易放過我吧？」

光瑠聽完哲也和功一的話，很乾脆地說道。他們在離光瑠住家走路十分鐘左右的咖啡店見面。

「哲也說的沒錯，這個世界上，我們不知道的拷問方式多如繁星。」

光瑠說話的語氣好像在預測隔天的天氣。

「所以只能聽從他們的擺布嗎？」

功一看著神情凝重的哲也，又看了看和平時表情相同的光瑠後問。

不一會兒，哲也抬起了頭。

「我暫時去避一下風頭，」他對光瑠說：「在風頭過去之前，我出個遠門……去他們找不到我的地方，這樣他們就找不到你了。」

功一聽了，驚訝地凝視著哲也的臉。因為他一直以為哲也打算聽從佐分利的指示。

「你別露出這樣的表情，我至少還沒有完全喪失健全的精神。」

哲也可能察覺到功一的視線，苦笑著說道。

「謝謝，」光瑠也笑了，「但你沒必要逃走。」

「啊？」哲也發出驚訝的聲音後搖了搖頭。

「光瑠，我知道你的腦袋超級靈光，但這次的對象很難應付。」

「我不是這個意思，哲也，既然對方這麼厲害，想要逃過他們也不是一件容易的事。對他們來說，找到你的下落易如反掌。等他們找到你，後果不是更加不堪涉想？」

「是這樣沒錯啦……」

「那要怎麼辦？」功一問。

「很簡單，我去見那個叫佐分利的人就好了。」

「喂，光瑠，你瞭不瞭解狀況？你去和他們見面，你的藝術就會被當成賺錢的工具。」

哲也用強烈的語氣說道，光瑠露出不可思議的眼神看著他。

「歷史上從來不曾有過藝術沒有被利用來賺錢的事，至少從被認為是藝術的那一刻開始是如此，你們也不可能不花一毛錢就走進美術館參觀吧？」

「但他們不是善類，」哲也說，「他們的錢也不乾淨，我不希望你無與倫比的藝術遭到玷汙。」

光瑠搖了搖頭。

「別擔心，光樂沒那麼脆弱，將會進入更高的境界，就像音樂已經獲得了很高境界的地位。」

「光瑠，你之前曾經預言，我們將會面臨很多苦難，就是指這次的事情嗎？」功一問。光瑠很驚訝地睜大了眼睛，然後笑著搖了搖手。

「才不是呢，這根本不算是苦難，只是至今為止太順利了，這樣的發展才符合常理。」

「順利？我們這麼扯你的後腿，還算順利嗎？」

光瑠聽了哲也的話，笑著說：

「你以為我什麼都沒想，就找你們假面摧毀團加入嗎？」

「啊……」

功一忍不住和哲也互看了一眼，光瑠站了起來。

「好了，那就走吧。」

「走……去哪裡？」

哲也傻傻地問。

「我剛才不是說了嗎？要去見那個叫佐分利的人，而且他好像已經派人來接了。」

光瑠說完話，看向咖啡店門口。功一轉頭一看，發現之前在飯店見到的那個高大男人正緩緩走來。

9

這是怎麼回事？到底發生了什麼狀況？

志野政史在床上翻來翻去。十月之後，光瑠的音樂會已經連續停了兩次，完全不知道其中的原因，只接到了以下內容的通知。

「音樂會暫停，決定重新開始的時間後將另行通知。」

暫停是什麼意思？但政史無法直接聯絡光瑠，只有假面摧毀團的團長和功一可以和他聯絡，政史和其他人想要聯絡光瑠時必須透過他們。剛才政史打電話給功一，功一回答說：「目前在充電。藝術家不是都需要充電嗎？」

政史直覺地認為他們有所隱瞞，但為什麼不惜欺騙觀眾，暫停舉行音樂會？他們應該很清楚，對很多年輕人來說，每週一次的光樂會已經成為生活中不可或缺的事。

那些傢伙。政史內心對假面摧毀團越來越不滿。相馬功一和團長宇野哲也只不過是最先和光瑠接觸，就掌握了有關音樂會的主導權，他對這件事心生不滿。光瑠的確需要他們協助搬運樂器，但自己是元老級的樂迷，在光瑠的表演這件事上，應該有知的權利——

無法觀賞光瑠的演奏所產生的慾求不滿，和對假面摧毀團的不滿結合在一起，讓政史鬱悶不已，他把枕頭丟到一旁。

這時，傳來敲門聲。「門沒關。」政史說。

門打開了，媽媽賴江探頭進來。

「政史，爸爸有事要找你，所以叫你換一下出門的衣服去客廳等。」媽媽緊張地說。

「找我有事嗎？這麼晚了，要去哪裡？」

「好像要去爸爸的朋友家，所以你動作要快一點。」

「我為什麼要去見爸爸的朋友？」

「因為……」賴江遲疑了一下，下定決心似地注視著兒子的臉說：「因為要幫你檢查身體，你最近不太正常，所以——」

「我沒生病。」

「怎麼可能？媽媽知道，這一陣子你整天心浮氣躁，莫名其妙地發脾氣，也經常無故不去學校上課。而且食慾也很差，今天晚餐也剩了那麼多……政史，你最近照過鏡子嗎？你瘦了，而且氣色也很差，怎麼可能沒生病？」

「因為我沒生病，所以才說沒生病啊。」政史用毛毯蓋住了頭，「妳出去啦，不要管我。」

「我怎麼可能不管你。唉，早知道……全都是那個人惹出來的事，使用了奇怪的光催眠……」

「不要說光瑠的壞話！」

政史坐起來大吼道，賴江露出害怕的表情，但仍然反駁著，只不過政史不知道她在說什麼，只知道媽媽反駁，否定了光瑠的演奏。他勃然大怒，以前從來沒有這麼情緒失控，他無意識地大喊大叫，來不及思考，手和腳就拚命掙扎。

「別鬧了，安靜一點。」

爸爸秋彥不知道什麼時候也來到房間內。政史完全不知道爸爸什麼時候走進來。

「去拿我的皮包……拿鎮靜劑和注射器給我。」

這是政史聽到的最後一句話。

志野秋彥走出大腦功能檢查室後，和朋友小島英和一起走去隔壁診察室。時間已是深夜十一點多，統和醫科大學附屬醫院腦神經外科病房的走廊上靜悄悄的。

「沒有異常。」

小島留著一頭長髮，身材削瘦，所以看起來比四十六歲的實際年齡更年輕，他凹陷眼窩深處的雙眼注視著秋彥，「腦波也正常，斷層掃描也沒有問題，也排除了你認為有可能的大腦多巴胺過度旺盛的情況。」

「至少暫時鬆了一口氣，」志野秋彥吐了一口氣，「但如果你剛才看到我兒子的情況，可能就會有不同的看法，可能會認為他有分裂症的徵兆。」

「看來很嚴重，不光是打鎮靜劑的痕跡，從手腳的擦傷和額頭的傷勢，就可以證明你兒子當時的激烈情況。」

「額頭？政史額頭也受了傷嗎？」

「是你的額頭受了傷。」

小島指著秋彥的頭。「喔。」秋彥按著貼了ＯＫ繃的額頭。

「雖然目前的檢查顯示沒有異常，」小島露出嚴肅的表情，「但不能任由他繼續發展下去。」

「是啊，」秋彥深深地點頭，「一定要想辦法。」

「還是希望能夠在他清醒的狀態下做檢查，可能在某些條件下，腦內才會發生異常電流。」

「那個光可能就是所謂的條件吧。」

「也許吧。」小島點了點頭，「你有沒有去參加過那個光的音樂會？」

「上次第一次在電視上看到，但並沒有親臨現場，我老婆好像去過一次。」

「你太太說什麼？」

「她說很漂亮，還說有一種心曠神怡的感覺。」

「我之前也在電視上看到了，的確很漂亮，只是搞不清楚到底能夠發揮什麼作用。」

「那根本和安非他命、毒品差不多，絕對錯不了，那是電子毒品。」

秋彥斷言道。

「我們研究會一致認為應該是某種腦波同步儀（Synchro-Energizer），因為傳統的腦波同步儀也會帶來類似恍惚的效果，但並不像這次一樣有依賴性，生理上的依賴性。」

「關於這件事，沒想到你們研究會這麼快就對光樂產生了興趣，是不是研究會的成員中有相關人士？」

「不，應該不是這麼一回事，好像是受到外面的委託，我猜想和公家機關有關。」

「是厚生省嗎？」

「也許吧，只是很難想像這些做事向來像牛步的公家機關會這麼迅速採取行動。」

「已經有蒐集到一些數據了嗎？」

志野秋彥問道，小島搖頭否認。

「這是接下來要做的工作，畢竟才剛開始不久。而且不知道為什麼，這個月都沒有再舉行過音樂會。」

「雖然這是治療我兒子壞毛病的良好機會。」

秋彥右手摸了摸鬍子有點長的下巴。

「老實說，聽到政史沉溺於光樂時很高興，因為我想這樣就能夠蒐集相關數據了。」

「問題是並沒有異常，」秋彥抱著手臂，輕輕笑了起來，「心情很複雜，但幸好沒有異常。」

「還是必須在政史看到那個光的時候做檢查，我猜想那時候應該就不是普通的狀態。」小島沒有用「異常」這兩個字，秋彥感受到他的友情，「問題在於他願不願意接受檢查。」

「恐怕很難，因為我兒子迷上了光樂，認為那是無與倫比的東西。同樣地，也對那個自稱是光樂家的少年很死忠。」

「光樂家喔……」小島自言自語道，「那個少年的頭腦應該是我們最終要研究的目標。」

10

這一天上美術課時，老師要求小塚輝美他們畫海報，並不是預防火災，或是校慶之類的宣傳海報，而是要他們介紹觀光勝地。老師事先通知，可以從家裡帶觀光勝地的照片或是明信片，然後畫在畫紙上。

「忘記帶的同學可以向有多帶的同學借。」

上課後，中年女老師對全班說，輝美立刻向身旁的同學借。

「好啊，我帶了很多。」

同學遞上一疊明信片。

真的很多，而且是各地的觀光景點。大部分都是國內，但國外的風景也不少。

「我媽媽每次出門旅行就會買回來，但又沒有人可以寄，所以家裡越來越多。」同學不以為然地說道，並不像在炫耀他們家經常出門旅行，但輝美仍然感到自卑。她今天沒有帶明信片來學校，並不是因為忘了，而是家裡沒有明信片。昨天晚上，她在睡覺前翻遍了全家，最後還是找不到。當她筋疲力竭地上床睡覺時，才發現家裡當然不可能有。因為這幾年根本沒有出門旅行，而且全家人也幾乎沒有一起出門。

以後恐怕也不會有——

輝美看著向同學借的那疊明信片，忍不住心灰意冷地嘆著氣。

即使沒有這件事，這一陣子她的情緒也始終很低落，因為光瑠的音樂會仍然處於暫停狀態。距離上次在天鵝公園最後一次至今，已經快一個月了。輝美這一陣子都睡不好，經常突然感受到難以自處的無力感，有時候又會莫名其妙地感到心浮氣躁。

輝美正在翻明信片的手突然停了下來，因為明信片上的風景，不，上面的色彩突然映入她的眼簾。畫面中拍攝的是沖繩的天空，只有兩棵椰子樹勾勒出黑色的輪廓，其他的是滿滿的藍天。不知道為什麼，天空的顏色打動了她的心。沒錯，就像第一次接觸到光瑠的光時那種感覺。

「我要畫這個。」

輝美向同學出示了明信片後說。

「啊？好無趣的風景，」同學說了這句話之後，再度看著照片小聲地說：「但顏色很漂亮。」

「我也這麼覺得。」

輝美打開顏料的蓋子，頓時覺得好像有一股微弱的電流流過腦袋，感覺變得很敏銳，沉睡的東西好像甦醒了。

她拿起藍色顏料，擠在調色盤上，看到這個顏色的瞬間——

這個顏色只要占整體的百分之三十就夠了，然後再用綠色、黃色和藍色……

她的腦海中立刻浮現了一個又一個調色使用的顏色。她把這些顏色擠在調色盤上，把畫筆仔細洗乾淨後，開始混合顏色。

「啊喲喲。」輝美專心地塗著天空顏色時，美術老師站在她身旁，「妳竟然可以調出這個顏色，簡直和照片一模一樣。」

老師比較著明信片上的照片和她的畫。坐在後方的男生也伸長脖子張望，小聲地說：「喔，真的欸。」

「妳是用哪些顏色混合的？」老師追問。

輝美不發一語地出示了調色盤，上面總共有十種顏色的顏料。

「是喔，原來妳試了很多次。」

女老師一定覺得只是巧合而已，所以馬上失去了興趣，從輝美的身旁走了過去。因為這個老師很清楚，輝美並沒有美術方面的才華。

但是，輝美知道那並不是偶然，她隱約知道要使用哪些顏色，而且知道該使用多少分量。因為起初有點不順利，所以用了十種顏色，但如今已經知道，只要六種顏色就夠了。

女老師在教室內巡視，看著其他學生畫的海報。輝美看著她的背影，注視著她身上棣棠花色的套裝。

黃色、橘色、綠色和少許紫色，還有……

和剛才看到天空顏色時一樣，她腦海中立刻浮現出顏色的比例。她在調色盤上混合了這些顏色，發現調出來的正是女老師身上套裝的顏色。

——我這是怎麼了？

她怔怔地看著畫筆的筆尖後，用力清洗乾淨。

那天放學後，走出學校校門，她和兩個同學一起走在人行道上，一輛機車停在人行道旁的車道上。因為機車突然停下，三個人都忍不住停下了腳步。

「輝美。」

戴著安全帽的騎士叫了一聲。是相馬功一的聲音。因為輝美前一刻就已經猜到了，所以並沒有太驚訝，另外兩個同學只是普通的中學一年級學生，所以不由得大吃一驚。

功一用大拇指指著後車座，示意她上車。功一之前從來沒有在她放學時突然來找她，所以輝美猜想一定是有關光瑠的急事。

「對不起，我臨時有事。」

她對另外兩個同學說，那兩個同學仍然滿臉錯愕。輝美不等她們回答，就側坐在機車後方，緊貼著功一的後背。

功一立刻發動了引擎出發，輝美看到那兩個同學目瞪口呆的樣子覺得很滑稽，從喉嚨深處發出了笑聲，然後發現自己很久沒笑了。

功一帶著她來到天鵝公園，輝美一陣歡喜，以為光瑠要在這裡舉辦音樂會。功一停下機車，拿下安全帽，似乎為了縮短她空歡喜的時間，一口氣對她說：「以後不會再在這裡舉辦音樂會了。」

「是喔……」

輝美忍不住嘟起嘴，低下了頭。

「妳不要那麼失望，我帶來了好消息。」

「好消息？真的嗎？」

「否則我怎麼會在妳放學時去學校找妳。」功一瞇眼看著她的水手服後，用下巴指著公園說：「要不要進去走一走？」

「嗯。」輝美點了點頭。

公園內有長椅，他們一起坐了下來。公園內除了有幾個像是小學生的男生在玩球，並沒有其他人。

好像約會一樣。輝美心想。當她有這種想法後，忍不住心跳加速。讀中學一年級的她沒有和男生交往過，雖然有心儀的男生，但也僅此而已。

輝美喜歡功一。不光是因為他的長相和輝美喜歡的搖滾歌手有幾分神似，更因為他比任何人更關心輝美，但她知道功一並沒有把自己這種小女生放在眼裡。對中學一年級的她來說，十八歲就已經是大人了。

「我帶來了這個。」

功一從夾克內拿出一個白色信封。輝美接過信封，當場打開一看，發現裡面是四張印刷得很漂亮的門票。

「這是什麼？什麼門票——」

輝美問到一半就說不出話。因為她看到門票上印了以下的文字。

「全世界首場光樂音樂會　白河光瑠的幻想世界」

「這是怎麼回事？」輝美忍不住問，「印這些門票……而且地點在那麼高級的地方。啊……」

GS席一萬五千圓、S席一萬兩千圓、A席九千圓——輝美看到了這些文字。

「原來要錢……」

因為太出乎輝美的意料，她不知道該表達什麼感想。

「因為這次由公關公司主辦。」

「之前完全沒有聽光瑠提起過。」

「臨時決定的。因為在電視和雜誌採訪後，發生了很多事，無法再由外行人來張羅表演的事，所以就委託了這方面的專家。」

功一好像在辯解似地說道。

「我以為光瑠不會把光樂當成是賺錢的工具……」

「他並不打算靠這個賺錢，只是希望有更多人瞭解光樂，但持續舉辦免費音樂會有困難，而且，如果只是在某個場地舉辦，很難大肆推廣。」

「也許吧。」

輝美低頭看著門票，回想起第一次遇見光瑠時的情況。她被那道神奇的光吸引，在深夜溜出家門，前往不久之前，她所就讀的那所小學。光瑠在校舍的屋頂上演奏。當時的機器都很簡單，也只有三顆可以改變顏色的神奇燈泡。有十幾名觀眾圍在他周圍，每個人都抱著膝蓋蹲在那裡，如癡如醉地沉浸在光的變化中。

啊喲啊喲，有一位小客人，請過來這裡——光瑠發現了輝美，對她說道。圍成一圈的年輕人為她騰出一個空位，沒有人向她發問，因為所有人似乎都知道她來這裡的理由。

輝美覺得，如果能繼續那樣不知道該有多好。隨著聽眾人數增加，規模越來越大，光瑠的演奏也比之前更充滿力量，輝美每次欣賞表演，都沉浸在超越前一次的感動之中，但更喜歡初期那種家庭式的感覺。

「總覺得有點難過，」她小聲地說：「好像光瑠要離我們而去了。」

「沒這回事，」功一苦笑著，「光瑠不會忘記我們，因為我們從一開始就追隨他。最好的證明，就是他給我這些門票。以後也一樣，他完全沒打算向我們收錢。」

輝美覺得她說的不是這個意思，但並沒有說出口，因為她沒有自信可以說清楚。

「總之，光瑠又會再舉辦音樂會了，光是這件事，就讓人鬆了一口氣。這一陣子暫停了很久，有人因為慾求不滿，開始出現各種狀況。有時候突然大叫，或是突然情緒失控，也有人很消極沮喪。」

「相馬，你沒有這種情況嗎？」

「也不是沒有，這一陣經常覺得懶洋洋的，有時候莫名其妙很煩躁，但和其他人相比，情況不算太嚴重。好像每個人沉迷的情況不太一樣。」功一說完，看著輝美的臉問：「妳呢？」

「嗯，我這一陣子也很沮喪……」

輝美猶豫了一下，把今天美術課上的事告訴了他，也告訴他美術課時發生的情況之後，就覺得心情很舒暢。

「好奇怪，」功一說：「會不會也是受到光樂的影響？」

「我也覺得是這樣。」

「光瑠可能知道，下次我問他一下，不過下次要到音樂會時才能遇到他。」

功一指著輝美手上的門票說。門票上印著十一月二十日，二十天後的星期五。

這二十天內，輝美接連遇到了意想不到的事。

首先，大街小巷都貼滿了海報。五彩繽紛的纖細光束從中心向四周擴散的背景圖上，寫著和門票上相同的「全世界首場光樂音樂會」和「幻想的世界」等宣傳文字。

其次，好幾本針對年輕人發行的資訊雜誌都介紹了光樂。這些雜誌強調，光樂音樂會原本就已經成為一部分年輕人熱烈討論的話題，這次將舉辦正式的音樂會。當輝美聽FM廣播時，也在音樂會的相關介紹中聽到了光樂音樂會的消息。

最令輝美感到驚訝的是口耳相傳的威力。在功一送門票給她的翌日，學校的同學就在討論光樂音樂會的事，隔了一天，各班同學都在教室裡跑來跑去，打聽買票的消息。原來是曾經多次去欣賞光瑠音樂會的人傳播了這些消息，他們深受光樂的魅力吸引，但無法像輝美一樣拿到招待門票，所以想方設法想要購買門票。在他們的煽動之下，連沒有看過、聽過光樂的人也開始想要託人買票。

功一給了輝美四張門票，她把剩餘的三張送給了好朋友。那三位朋友並沒有參加過光樂音樂會，但拿到這麼珍貴的門票，個個都很興奮。消息很快傳了出去，很多學生都來向輝美買門票。不光是同年級的同學，就連二、三年級的學長、學姊也來找她。輝美說，她沒有多餘的門票了，結果有人要求她出售自己那張門票，甚至有一個女生願意出兩萬圓。

為什麼會變成這樣？輝美完全搞不清楚狀況。上次功一說，這次的音樂會由公關公司主辦，所以她猜想應該是那家公關公司在背後操作。

二十天過去了，終於到了音樂會那一天。

輝美和那三個拿到票的同學約在車站見面，然後搭電車前往會場。那是在當地屈指可數的大音樂廳，經常有知名的藝術家在那裡舉辦演唱會或演奏會。輝美覺得還沒有大肆普及的光樂能夠在這種地方表演，可見是幕後操控的人有所盤算。

當她們走出目的地車站，發現很多年齡相仿的年輕人都前往相同的方向。同行的一個同學說，大家應該都是去看音樂會，於是她們就跟著眾人一起前往。

離開場還有一段時間，音樂廳前已經有很多年輕人大排長龍。

「趕快開門。」

一個身穿牛仔褲的年輕人在入口附近大叫著，他的兩個朋友慌忙制止他，但他仍然大吼大叫。

「那個人怎麼了？他喝醉了嗎？」

輝美的同學問。輝美沒有回答，但其實她瞭解那個年輕人的狀態。因為不久之前，她也因為無法欣賞到光樂的飢渴，差一點情緒失控，大喊大叫。

奇怪的是，自從那堂美術課後，現在幾乎已經不會再有這種情況。如今對色彩的感覺仍然很敏銳，所以能夠用自己的方式對世界上各式各樣的顏色樂在其中，這種行為似乎和光瑠的演奏在本質上有密切的關係。雖然還無法具體比較，但似乎有助於消除光樂的戒斷症狀。

「啊，好興奮喔，不知道光樂到底是怎麼回事。」

「搞不好沒什麼大不了。」

「如果是這樣，就不會有那麼多觀眾了。」

輝美的三個同學相互討論著，輝美想像著她們走出音樂廳時的樣子，不由得感到高興。

正門打開了。一看手錶，比開場時間提早了兩分鐘。

11

木津玲子在晚上七點準時去了那家餐廳。那是位在飯店地下層的法國餐廳，玲子並不喜歡這種餐廳，西式料理中，她只喜歡義大利料理和西班牙料理，但那個男人似乎認為和女人密談，就必須來法國餐廳。

服務生走了過來，她報上了會津的名字。服務生微微欠身後，帶著玲子來到入口處拉著簾子的包廂內，男人正喝著啤酒在等她。

「等一下再叫你。」

男人對服務生說。服務生行了一禮後走了出去。他目送服務生離開後，打量著玲子的臉，歪著嘴，露出醜陋的笑容。

「妳還是那麼漂亮。」

「謝謝。」

玲子擠出笑容。和這個男人在一起時，這個舉動就像是條件反射，她簡直快忘記自己真正的笑容是什麼樣子。

男人在杯中倒了啤酒，喝了一半後，露出可怕的眼神。

「妳有沒有幫我查那件事？」

「算是有啦。」她回答說。

「情況怎麼樣？」

「光瑠果然很少回家，我猜想他應該在外面租了房子。」

「只有那些親衛隊才知道嗎？」

「親衛隊中也只有一部分人知道。」

「叫什麼名字？」

「我查到了。」

玲子從皮包裡拿出記事本，撕下其中一頁遞給男人。上面寫了兩個男人的名字。宇野哲也和相馬功一。

男人看到這兩個名字，睜大了眼睛，表情有點僵硬。

「怎麼了？」玲子問。

「沒事。」男人把紙放在桌上，「這兩個人是什麼身分？」

「這我就查不到了。」玲子搖了搖頭。

男人喝完了啤酒，不發一語地看著玲子後方的牆壁。他們在一起時經常有這種沉默，所以玲子也沒有開口說話。因為男人如果不說話，她也懶得開口。

在建造到一半的市民音樂廳最後一次舉行音樂會時，玲子才第一次看了光瑠的演奏。當初是一起在健身房運動的一個女高中生告訴她在那種地方舉行那種音樂會。

「可以消除壓力，心情也會很好，真的超棒的，妳一定要去看一次。」

玲子看著那個高中女生充滿稚氣的表情，覺得原來自己在不久之前，也是這樣的表情。如果玲子沒有想起那件事，也許聽過就算了。但她在聽到這件事時，突然想到了一件事。

她想起之前有一次深夜兩點左右回到家時，曾經在窗前看到有神奇的光閃爍。看起來像是從小學校舍屋頂發出的光讓玲子產生了奇妙的感覺。讓她回想起第一次去聽搖滾演唱會時的興奮，內心有一種來到熟悉場所時的安心。

真想去看看發出那道光的地方——當時甚至曾經這麼想，但最後並沒有付諸行動。因為她對自己會那麼在意那道光感到害怕。

從女高中生口中得知光的音樂會時，她立刻想到那件事，直覺地認為兩者有某種關係，於是那天晚上心血來潮地去看了一下。

看起來好像隨時會倒塌的市民音樂廳內擠滿了年輕人，完全超乎了她的想像，每個人都雙眼發亮，好像在等待自己的超級偶像。

不一會兒，光瑠就在舞台上現身，開始演奏光樂。演奏內容並沒有辜負玲子的期待，那個女高中生的話並沒有誇張。

最令她驚訝的是周圍那些年輕人的反應。有人全神貫注，繃緊全身；有人露出恍惚的眼神，滿臉陶然。玲子忍不住納悶，如何才能像他們那麼投入。

那是最後一次在市民音樂廳舉辦音樂會，隔了一段時間，又再度在天鵝公園舉行。玲子又去了幾次，因為音樂會的確具有淨化精神的作用，但其他年輕人的過度反應總是讓她更驚訝。玲子以前曾經在其他地方看過露出那種表情的年輕人，那些年輕人在迪斯可舞廳後方的秘密包廂內吸食ＬＳＤ時，也露出那樣的表情。

玲子去天鵝公園看了三次音樂會後，和男人聊起這件事。他們做完愛，躺在床上時，她隨口提起這件事。男人向來對年輕人的事漠不關心，所以她沒想到男人會對這件事有興趣，她以為這個男人渴求的只是年輕女人的身體。

沒想到男人聽到光樂後，立刻臉色大變，要求她說得更詳細點。她不知道什麼詳細情況，只能告訴他看了音樂會後的感想。對男人來說，這些消息似乎也是寶貴的資訊。

「所以，妳從很早期開始就認識他們了？」

「談不上認識。」

「但妳應該知道白河光瑠周圍有哪些人。」

「是啊。」

男人點了點頭，然後說會再聯絡她，就匆匆準備離開。

一個星期後，男人又約了玲子。他交給玲子一個信封，裡面裝滿了紙幣，信封的厚度和每個月從男人手上拿到的打工費無法相提並論。

男人要求她去調查光樂和白河光瑠的事。瞭解他有哪些朋友，他們接下來有什麼打算。

玲子對男人說：「這種事最好交給專家處理，會津先生，你一定認識那方面的專家。」

「小孩子的事最好交給小孩子處理。」男人板著臉說：「妳會答應吧？」

「但你不要抱有太大的期待。」

說完，她伸手接過信封。

之後，玲子就開始調查，但調查工作的進展並不順利。因為以飆車族為中心的親衛隊戒備森嚴，無法接近光瑠，而且天鵝公園的音樂會也突然停止。下一次看到光瑠時，不是在建造到一半的市民音樂廳或是戶外舞台，而是這一帶首屈一指的音樂廳，而且有公關公司幫他打理。男人似乎知道那家公關公司的底細。

正式的光樂音樂會從第一天晚上就引起了極大的反響，所有報紙都報導了這個消息，大肆稱讚是「本世紀最後的藝術」和「極致的藝術」。受邀參加音樂會的文化人士和藝人也都爭相表達所受到的感動，尤其是年輕藝人極度狂熱，在綜藝節目中連聲叫著光瑠的名字，甚至引起還不瞭解光樂的觀眾打電話去電視台抗議。

電視台也做了特別節目介紹光樂，感覺是緊急趕製的節目，完全沒有音樂會的鏡頭，只是由那些深受感動的人用陳腔濫調表達他們的感想，但仍然創下了超高的收視率。最有趣的是，光瑠完全沒有在節目中露臉，這似乎也出自公關公司的精心策劃。

新年後，熱潮有增無減。聽說將舉行全國巡迴表演。

男人開了口。「能不能想辦法和光瑠接觸？」

「和光瑠接觸？你是說要接近他嗎？」玲子吐了一口氣，「老實說，恐怕很難。如果是初期，應該還有可能，現在根本不知道去哪裡找他，雖然他是高中生，但最近好像也沒去上學。」

「聽說他向高中提出休學了。」

男人說。

「休學了？是喔。」

玲子點著頭，心想原來這個男人也去調查了光瑠的事。

「既然這樣，那只有一個方法。」男人沉思片刻後，用食指指著桌上那張紙說，

「去接近其中一個人，然後建立密切關係。」

「我嗎？」玲子問。「要多密切？」

「這就交由妳判斷了。」

「是喔。」她看著紙上那兩個名字後問：「我也可以自由決定對象嗎？」

男人注視著那張紙，眼睛深處露出暗光，再度把指尖移向姓名。

「這個人。」

男人指著相馬功一的名字。

男人和玲子分手後，立刻撥打了電話。

「喂？是我。」

「啊，我正打算聯絡你。」

電話中那個人的聲音中帶著興奮。

「計畫有著落了嗎？」男人問。

「有了，找到了絕佳的對象。」

「是什麼人？」

「一個女人，她兒子沉迷光樂，她擔心兒子的精神是否出了問題。她的丈夫是醫生，請他的一位腦外科醫生的朋友診察了他兒子，那個醫生剛好是那個研究會的成員。」

「有辦法策動嗎？」

「我正在想辦法。白河光瑠內部消息那件事的情況如何？」

「這件事就交給我吧，我已經談妥了。」

男人掛上電話，拿出了香菸。

12

午休時，高行怔怔地望著辦公室的窗外時，背後突然有人拍他的肩膀。回頭一看，同事露出複雜的笑容看著他。

「你好像心情不太好，是為兒子的事操心嗎？」

同事用關心的語氣問道。高行苦笑著說：

「很多事都很頭痛。」

「我第一次知道，原來太優秀的孩子也會讓父母操心。我女兒都已經中學三年級了，連現任首相的名字也答不出來。」

同事誇張地皺著眉頭。

「那不是很可愛嗎？」

「如果別人說這句話，我會覺得只是在安慰，但出自你的口，就很有說服力。」同事點了點頭，語帶嘆息地說：「上次你給我看的那些儀器，原來是這個用途。當時我完全看不出來，真不知道該怎麼說，你兒子實在太厲害了。」

之前光瑠在自己房間玩那些儀器時，高行曾經請這位同事去看了一次，想要瞭解光瑠到底在做什麼。當時這位同事回答說，只知道是複雜的電源。現在回想起來，覺得同事的回答很理所當然，因為那時候甚至還沒有「光樂」這兩個字。

「聽說光瑠向學校申請休學了？他在家嗎？」

「不，」高行搖了搖頭，「他每個星期回家一趟而已，在外面租了房子。」

「一個人住嗎？」

「表面上是如此，但其實有幾個人陪著他，都是安排表演的人。」

「喔，所以是經紀人嗎？出了名之後，果然不一樣了。」

同事從西裝內側口袋裡拿出香菸，甩了一下，抽出一根叼在嘴上，但他沒有點火，四處張望後，把臉湊到高行面前，「高層有沒有和你提到光瑠的事？」

「高層？不，完全沒有，你聽到什麼風聲了嗎？」

「我不太清楚具體情況，」同事把嘴上的菸拿在手上，繼續壓低了嗓門，「聽說想要利用光瑠的力量為公司做宣傳，早晚會來找你。」

「宣傳？喔，這……」

當初高層得知聲名大噪的光樂家是高行的兒子後，對他表現出極其冷淡的態度，顯然是基於老人特有的偏見，因為他們認定自己難以理解的事物都很荒唐，同時也對下屬有一個很會賺錢的兒子感到嫉妒。

但是，最近這些高層對高行的態度出現了變化，甚至表現得很低姿態，高行對他們的態度感到不解，現在聽了同事的話，終於恍然大悟。

「如果他們拜託你這件事，你有什麼打算？總不能一口回絕吧？」

「但這不是由我判斷、決定的事，是光瑠演奏光樂，公關公司負責洽談他的工作，我這個父親根本沒有任何權限。」

高行自嘲地說完，聳了聳肩。

事實上，他和妻子優美子的確對光瑠今後的工作情況一無所知。不，之前的事也幾乎沒有事先和他們商量，只是有一天，公關公司的人突然上門，說需要家長同意，然後在桌上攤開一大堆文件。高行和優美子一臉茫然，當時也在場的光瑠插嘴說，那是要將光樂作為商品所需要辦理的手續，之後高行就完全搞不清楚狀況，只是聽從光瑠的話，在一些文件上簽了名，勉強確認了那些合約的內容並不是榨取不當利益。

之後，白河家發生了意想不到的變化，高行和優美子簡直就像是被急流沖走的小船。光瑠很快成為家喻戶曉的人物，媒體記者整天擠在家門口。高行他們接受了無數採訪，被拍了很多照片，未經他們的許可，就刊登在雜誌上。家裡也經常接到惡作劇電話，優美子因此身心出了問題，經常臥床不起。

幸好光瑠很快就搬離了家中，所以他們能夠很快找回平靜的生活。光瑠似乎早就預料到會有這種情況發生，高行總是對兒子的預測能力讚嘆不已，所以當他提出要休學時，高行和優美子並沒有反對。既然光瑠認為該這麼做，必定是最好的決定。

只是即使恢復了平靜的生活，既然高行和優美子是白河光瑠的父母，就不可避免地有一些煩心的事。喜愛光樂的年輕人聚集在家門口之類的事還可以忍受，但有些來歷不明的人上門想要委託光瑠工作這種事，就讓人很無言了。光瑠說，這些人通常在演藝圈也都做一些非法的生意，所以只要敷衍他們就好，如果是正派經營，就會循正常管道接洽工作。

這一天，高行回到家時，有兩個陌生男人在客廳等他，但這兩個人並不是公關公司的人，他們遞過來的名片上印著完全沒聽過的公益團體的名字，而且還帶了本地議員的推薦信。那名議員和高行的公司有一點關係，高行也曾經和他見過兩次面，所以不由得佩服眼前這兩個男人竟然能夠找到這樣的關係。

「前幾天我欣賞了令郎的光樂，真是深受感動，很希望令郎能夠和我們共同合作，所以今天不請自來，登門拜訪。」

個子比較矮、年齡稍長的男人長得像惠比壽神，不斷舔著嘴唇喋喋不休，瘦高個的年輕男人在一旁露出陰沉的笑容。

「請問是什麼事？」

高行有所防備地問。

「事情是這樣的，」男人在沙發上移動了腰的位置，微微探出身體，「我們即將舉行全國大會，到時候希望令郎能夠來演奏光樂，為平時忙於公益活動而很疲勞的會員加油打氣。」

「喔，原來如此……」

「簡單地說，我們的活動內容就是……」

年長的男人使了眼色，年輕男人立刻從旁邊的皮包裡拿出像是簡介的文宣，上面介紹了他們所屬的團體最近的活動狀況，照護臥床不起的老人、派人前往身障者設施，以及前往養老院慰問等。

「我們很努力彌補日本落後於其他先進國家的部分，但隨時都處於人手不足的狀態，尤其年輕人都不願意參加，所以為了吸引社會的關注，也希望令郎能夠提供協助。當然，我們也會表達謝意。」

他的話還沒有說完，身旁的年輕男人就深深鞠躬說：「拜託了。」簡直就像事先套好了招似的。不，他們當然事先套好了招。

「好，既然這樣，我會轉告我兒子。」

兩個男人聽到高行的回答，互看了一眼，立刻露出了笑容。

「謝謝。」

他們連連鞠躬。

「只不過不知道能不能如你們所願，詳細情況必須問光瑠才知道，但據我所知，他演奏會的日程已經排滿了，而且之前也接到好幾個類似的委託。」

高行對著那兩個鞠躬的男人說，年長的男人愣在那裡。

「好幾個？」

「都是希望光瑠去表演，只不過是另外的團體。」

高行若無其事地說出了三個宗教團體的名字，那兩個男人聽了之後，臉上的笑容立刻消失了。

「令郎都會接受嗎？」男人問。

「是啊，因為畢竟不能厚此薄彼，但最終還是必須看他的工作時間表才能決定，目前都交由公關公司處理，所以我也不知道結果會怎麼樣。」

這兩個自稱代表公益團體的男人懊惱地互看了一眼，匆匆收拾桌上的簡介說明，年輕男人把簡介放回皮包。

「那就拜託了，我們還會再和你聯絡。」

年長的男人說道，然後站了起來。高行回答說：「請多關照。」

送走那兩個男人後，高行走進起居室，優美子坐在電視前看新聞。

「今天真迅速啊。」

「是啊，我按照光瑠說的方法對付他們。」

光瑠很早之前就預言，宗教團體會千方百計來拉攏關係。對他們來說，能夠強烈吸引人心的光樂是強大的武器。剛才那兩個人表面上是委託光瑠協助公益活動，一旦把光瑠拉進去後，就會亮出背後宗教團體的招牌。

光瑠指示高行，遇到這種對象，不要斷然拒絕，反而暗示對方，也同時受到了其他宗教團體的邀請，到時會公平參加這些團體的活動。對他們來說，就大大降低了光樂的利用價值，同時也可以表達光樂不會受特定宗教束縛的主張。

「而且，」光瑠說，「我也希望加入宗教團體的人能夠體會光樂，這也算是推廣活動，所以不光是被宗教利用，我們也要利用宗教。」

高行再度覺得自己的兒子很了不起，因為自己一旦靠近這種團體，就會產生近似恐懼的拒絕反應。

「剛才新聞報導中的特集介紹了光樂，」優美子等到高行在椅子上坐下後說道，「說光樂可能具有類似毒品的效果，所以可能對身體有危害。」

「不必擔心這件事，因為光瑠什麼都沒提起……」高行發現桌子上有一疊信，「這是今天的份嗎？還是多得出奇啊。」

「我已經把樂迷寫來的信先拿出來了。」

「是喔。」

高行檢查著每一封來信。大致可以分為兩大類，一種是希望邀請光瑠去演奏光樂，另一種是認為光瑠已經賺了很多錢，所以想要談生意，讓他們也分一杯羹。因為花了很多宣傳費用，所以並沒有太大的收益，只是外人並不這麼認為。

「光瑠打算就這樣一直表演下去嗎？」優美子一臉不安地問：「他以為一輩子

都可以靠這種表演過日子嗎？」
「不知道，但他應該有自己的想法，只能相信他的判斷。」
「雖然我知道……」
「嗯？這是什麼？」
高行手上的信封寄件人是統和醫科大學的小島英和。他對這個名字很陌生。收件人是白河光瑠。
「即使是寫了『親展』的信，也可以打開來看。」
光瑠曾經針對書信的事這樣交代，所以高行毫不猶豫地拆開了信。總共有三張信紙，用黑色墨水寫的字很漂亮。
「上面寫什麼？」優美子在一旁問道。
高行看了兩遍內容後，把信紙交給她。
信中說，希望能夠從腦醫學的立場驗證光瑠的能力，以及光樂的構造。光瑠也曾經交代高行和優美子，一旦有醫學相關的人士主動接觸，不要隨便應付，立刻和他聯絡。
「我打電話給光瑠。」
高行站了起來。

13

相馬相隔八天回到了家中。最近為了準備光瑠的音樂會，忙得幾乎沒時間睡覺，但想到自己正在工作，正在協助一件能夠令別人陷入狂熱的事，就完全不覺得累。

只是他並沒有把目前正在做的事告訴父母，父母也沒有問他。他從高中輟學後，沒有工作，整天遊手好閒期間，父母也從來不干涉他。功一已經忘記最後一次和父親說話是什麼時候。自從他知道父親在外面做什麼，用什麼方式賺錢後，就不願意再和父親說話。當時他幼小的心靈覺得父親做的事很骯髒。功一的親生母親病死的那天晚上，父親也為了這種讓人輕蔑的工作而不在家。這件事更增加了功一對父親的憎恨。功一也是從這個時期開始偏離正道，那時候他讀中學一年級。

目前的母親是功一在中學三年級時不知道突然從哪裡冒出來的女人，衣著花稍，揮金如土。女人很快就懷了孕，生了小孩。是兒子。她對生下來的嬰兒嬌生慣養，這種態度一直持續到今天。對她來說，只有那個兒子是孩子，功一根本是眼中釘。

因為功一在家裡處於這種地位，所以無論他熱中於任何事，父親和母親都無所謂，他們一定覺得只要別在外面惹麻煩就好，這一陣子他始終沒有辜負父母的期待。

他把機車停在車庫前。已經晚上十一點多了，周圍沒有人影。

當他推著機車走進車庫時，父親的車子後方傳來喀沙的聲音。

功一停好機車，戰戰兢兢地走了進去。有什麼東西在車子旁蠕動。

「是誰？」

功一壓低聲音厲聲問道。一陣寂靜後，聽到輕微的呼吸聲。

功一鼓起勇氣向前走了一步，看到一個人影蹲在車子和牆壁之間。從人影的長髮和苗條的體形察覺是一個年輕女人。

「妳是誰？」

他用比剛才稍微溫柔的聲音問道。女人抬頭仰望著他。

「對不起……我馬上離開。」

「妳在這裡幹什麼？」

女人沒有回答，垂下了眼睛，然後問他：

「請問……外面有車子嗎？」

「車子？」

「是一輛……白色賓士車。」

「白色賓士？不，我沒看到。」

「是喔。」

女人似乎鬆了一口氣。

「不好意思，我馬上就離開。」

她想要站起來，但右腳用力時，皺起了眉頭，身體重心不穩，倒向功一。他立刻伸出雙手扶住她的身體。

「妳怎麼了？」

功一探頭看著女人的臉，這時才發現她在微微發抖。

「我沒事……真的沒事。」

女人離開功一，想要走出去，但拖著右腳走路。可能她的右腳疼痛，所以咬緊牙關。

看到女人再度搖晃，功一跑了過去。

「妳的腳是不是受傷了？」

「好像扭到了，但我沒事。」

說著，她轉頭看著功一，月光照在她的臉上。一雙令人聯想到貓的杏眼看著他。她的眼眸很大，散發出一種危險的味道。下巴很瘦，但並沒有很尖，臉頰的線條帶著弧度。功一立刻被她的美麗吸引了。

「但是，妳的臉上有泥土……」

功一指著她右側臉頰，她像白瓷般光滑的臉上沾到了黑色泥土。

「啊！」她叫了一聲，搓了搓自己的臉。一頭長髮散落，從肩上滑到脖頸上。

「因為剛才跌倒了……」她小聲回答。

「跌倒？在哪裡？」

「沒事，」她搖了搖頭，「對不起，我馬上就離開。」

「妳等一下。妳家在這附近嗎？」

她露出難過的表情四處張望。

「我也不是很清楚，但我會想辦法。」

「想什麼辦法？妳剛才怎麼來這裡的？」

「這個……是別人送我……」

她越說越小聲。

「妳住哪裡？」他問。她稍微遲疑了一下，小聲地回答。她住的地方離這裡不遠，但走路要將近一個小時。

「好吧，」功一說完，走向機車，「我送妳。這麼晚了，走路回家太危險，而且妳的腳沒辦法走那麼遠。」

「但是……」

那個女人似乎有點猶豫。雖然被陌生男人送回家令她感到不安，但她也的確無法自己從這裡走回家。功一猜想她一個人住，如果和別人一起住，就可以請別人來接她。

「上車吧。」功一把機車推了出去，發動引擎後，指了指後車座，「這麼晚了，不會有警察，即使不戴安全帽也不會被抓。」

她思考了很久，其實可能只有十秒左右，但內心祈禱她願意上車的功一覺得比一分鐘更漫長。

「那就麻煩你了。」

她遲疑了一下，坐在後車座上，伸手抱住了功一的身體。最近只有小塚輝美用這種方式坐他的車子。當她的身體貼過來時，功一的後背感受到輝美所沒有的彈性。是個成熟的女人——功一在發動機車時這麼想道。

她的公寓所在的住宅區有很多錯綜複雜的小巷，周圍都是老舊的房子，只有那一棟兩層樓的公寓是新建的，白色的牆壁上不見任何汙漬。

不知道是不是腳越來越痛，她走下機車時也很費力。因為她住二樓，所以功一用肩膀扶著她走上二樓。

她皺著眉頭忍著疼痛，用鑰匙開了門。然後瘸著一隻腳走進門，立刻關上了門，只剩下十公分左右的縫隙。她隔著縫隙向功一微微鞠了一躬說：

「對不起，改天再向你道謝。」

「不，沒關係。」

功一說，她再度欠身後，關上了門。功一忍不住嘲笑自己前一刻還奢望可以進去她家坐一坐，看了一眼門旁的門牌。上面用簽字筆寫著「大津聖子」的名字。

她連自己的名字都沒問，日後要怎麼道謝——走下公寓樓梯時，功一期待著下次不期而遇的機會，卻又覺得根本不可能再見面。

但是，再度見面的機會很快就出現了。翌日早晨，當他想把機車推出車庫時，看到地上有東西閃著光。剛好是她昨天晚上坐著的位置。

撿起來一看，原來是一個金色的胸針。他覺得終於有機會去見她了。

那天晚上，功一提早下班，騎著機車直接去她的公寓。他看著門牌上的名字，按了門鈴。原本以為她可能不在家，但聽到屋內有輕微的動靜，門上的貓眼也暗了一下。

不一會兒，門就打開了，她探出頭。

「你是昨天的……」

「嗯，幸好妳還記得我。」

「對不起，我昨晚太緊張了……」

「沒關係，妳的腳有沒有好一點？」

「好很多了，幸虧有你幫忙。」

「是嗎？那真是太好了。」

不知道是否睡了一晚的關係，她的氣色比昨晚好多了，雙眼也炯炯有神。

「呃，我撿到這個。」

功一遞上胸針，她露出欣喜的表情。

「是我的！啊，真是太好了，因為不知道掉在哪裡，我原本已經不抱希望了。」

「掉在我家的車庫。」

「原來是這樣。」

她接過胸針開心地把玩後，瞇眼抬頭看著功一。

「呃，請問要不要進來坐？雖然家裡很亂。」

功一聽到了期待中的話，忍不住思考著。雖然覺得基於禮儀，應該拒絕，但他不想錯過和她交朋友的機會。

「你請進來坐一下，不然我就太不好意思了。」

她用堅強的語氣說道，然後把門打開了。功一下定了決心，說了聲：「那就打擾一下。」然後走進了屋內。

室內只是三坪大的套房，地上鋪著木頭地板，窗邊放了一張床，旁邊放著電視和錄音機。床邊鋪了一小塊地毯，上面放了玻璃桌子。雖然她剛才說家裡很亂，但房間內很空蕩，並沒有其他東西。功一坐在地毯上時猜想，她的衣服都放在壁櫥裡。

「我剛搬來這裡。」她可能察覺到功一的視線，一邊泡咖啡，一邊辯解似地說道，「所以還有很多東西沒有買齊，連洗衣機和微波爐都還沒買。」

「妳在工作嗎？還是學生？」功一問。

「我剛進電腦專科學校，晚上也有打工。」

她泡好咖啡後，來到功一身旁。「謝謝。」他喝了一口咖啡，雖然並不怎麼好喝，但他客套地說了一句：「真好喝。」

「我還沒有請教你的名字，」她瞪大了眼睛，好像忘記了重大的事項，「我叫大津聖子。琵琶湖的大津，松田聖子的聖子。」

「相馬功一。」

功一故意冷冷地說道，然後用手指在桌上寫著自己的名字。

「你的名字真好聽。」聖子說。

「昨天你回去之後，我陷入了自我厭惡。你這麼親切，我卻好像把你趕回去了……」

「沒關係，妳別放在心上。但是，」功一露出真摯的眼神看著她，「到底發生了什麼事？如果妳不想說也沒有關係，但我很在意是怎麼回事。」

「有陌生女人躲在自己家裡的車庫，的確會很在意，」聖子雙手捧著咖啡杯，低頭看著杯中，「我剛才不是說，我晚上在打工嗎？所以有時候會有客人說要送我回家。」

功一立刻知道，她可能是酒店妹。

「昨天的那個客人特別死纏爛打，他開車等我下班。平時我都能夠巧妙避開他，但昨天失敗了……」

「所以他酒駕嗎？」

「他不會喝酒，只是招待客人，帶客人來店裡。」

「是喔，所以是那輛白色賓士。」

功一想起聖子昨晚說的話，她點了點頭。

「因為我不想讓他知道我住在哪裡，所以就請他讓我在附近下車，但他堅持要送我回家。我強烈拒絕，他就開去我完全不知道的方向，最後就開去你家那裡了。」

「那條路幾乎沒什麼人。」

功一猜到了那個男人的用意說道。

「我叫他停車，他也不肯停下來，一直往裡面看，最後總算把車子停在一小片樹林那裡，突然、他……」

「他就攻擊妳。」

功一接著說道，她垂下眼睛點著頭。

「我嚇壞了，不顧一切地逃。雖然跌倒了，但我告訴自己不能停下腳步。那個男人開車追了上來，雖然我想求救，但路上沒有人，所以我就躲進了旁邊的車庫。」

「原來是這樣，但幸好平安無事。」

功一終於瞭解聖子昨天異常驚恐的原因了。

她淡淡地笑了笑，嘆了一口氣。

「但這下子又要找新的工作了，我無法繼續留在那家店。因為他是店裡的重要客人。」

「妳別再去酒店上班了。」

「是啊，我會考慮。」

她面帶愁容地回答，功一猜想她有不得已的苦衷，才會選擇在酒店工作，也許還要寄生活費給父母。

「我對你其實一點都不瞭解，」她突然露出了開朗的表情，「你是學生嗎？還是……」

「我在工作，目前正在協助舉辦音樂會的事。」

「是喔。」

聖子的眼中露出羨慕和嚮往。功一想要讓她更驚訝，從上衣口袋裡拿出一張票放在桌上。聖子露出了他期待中的反應。她睜大眼睛，屏住了呼吸。

「你說的音樂會是白河光瑠的？」

「嗯，雖然不算是他的經紀人，但在幫忙照顧他的生活起居。」

「好厲害。」

聖子輪流打量著門票和功一的臉。

「如果妳喜歡，這張票就送妳，就是這個星期天。」

「真的嗎？可以送我嗎？哇，謝謝你。」

功一又和她聊了音樂會和光樂的事，時間在轉眼之中就過去了。

「啊，已經這麼晚了，我該回去了。」功一看著手錶後站了起來。他在玄關穿鞋子時回頭對聖子說：「今天太高興了。」

「我也是。」聖子回答。

「下次還可以再見面嗎？」

她笑了笑，點著頭說：「嗯。」

那天之後，他們每隔兩、三天就見一次面。聖子白天經常不在家，功一就在她的答錄機中留言，幾個小時後，聖子打他的呼叫器。於是，他就再打電話給聖子，約定見面的時間。

第六次約會後，功一去了聖子的公寓，摟著她苗條的身體。上床的時候，她始終閉著眼睛。

功一覺得每天的生活好像在作夢，片刻都不想離開聖子的身邊。

「真的嗎？真的可以嗎？」

狹小的床上，身邊的聖子雙眼發亮地確認。

「當然可以啊，除非是太無理的要求，否則只要是我提出的要求，光瑠幾乎都會答應。而且，目前也的確需要女生幫忙。只要我們在一起工作，就可以隨時在一起了。」

「好開心喔，太棒了。」

聖子緊緊抱著功一。功一吻著她裸露的肩膀，思考著該怎麼向光瑠介紹她。

14

國文老師的脖子後方發出灰色的光，雖然很弱，但斷斷續續發出了灰光。小塚輝美看到之後，立刻猜想他打太多麻將了。因為他肩膀也有問題，所以也可能是工作太認真了，但這個老師愛打麻將出了名，即使在上課時，也會若無其事提到麻將的事，所以家長對他的評價很差，學生卻很喜歡他。

起立、敬禮後，國文老師用力打了一個呵欠。學生都偷笑起來。

「啊呀，對不起，對不起，不瞞你們說，我昨晚沒睡好。」

老師苦笑著辯解道。

「打麻將嗎？」

坐在前排的男生立刻插嘴說道，老師身體向後仰。

「被你發現了。不瞞你說，真的是這樣。昨晚手氣不好，我一直想要上訴，結果就到天亮了。」

說完，他用力眨著眼睛。他的眼睛也發出淡淡的灰光。原來他真的很疲累。輝美不由得想道。

老師說了一陣子麻將的事，讓學生大笑之後，巧妙地開始上課。這時，他的眼睛和脖子發出的不祥灰光變淡了。原來他投入工作，就可以暫時忘記疲勞。

輝美在最近開始寫的日記中使用了「灰色的光」這個字眼。這只是為了方便而取的名稱。嚴格來說，「只是這個部分的光比較少」，其他部分都發出均勻的光，只有那個部分看起來是灰色。就好像沒有光的狀態稱為「黑」一樣，她也用這種方式取名。然後，她觀察周圍的同學，發現幾乎所有人都會在身體的某個部位發出灰色的光，而且主要集中在頭部。輝美猜想大家都太用功了，所以頭部感到疲累——

「好了，這個部分請同學來唸一下。」

老師巡視著班上的同學。輝美抬起頭，剛好和老師視線交會。下一剎那，老師全身發出的光突然增強了。

他會叫我唸。她想道。

「好，小塚，妳來唸。」

因為完全是意料之中，所以輝美並沒有驚訝。「好。」她回頭後，拿著課本站了起來。

輝美並沒有向任何人提起自己身體的變化。當對色彩的感覺變得異常敏銳時，曾經告訴過相馬功一，但之後並沒有告訴他進一步的情況。不，沒告訴他是正確的決定，不告訴他的原因，也成為她的身體出現變化的契機。

事情發生在三個星期前。

剛好新學期開學，輝美升上了國中二年級。

她這一陣子有一件心事。就是相馬功一完全沒和她聯絡。之前經常讓她坐在他機車後方，但這一陣子完全不見他的蹤影，難道是光瑠音樂會的工作這麼忙嗎？還是原本就對中學女生沒有太大的興趣？

這時，光瑠剛好在附近的會場舉辦音樂會。她收到了寄來的門票，於是就和同學一起去看了音樂會。

音樂會很出色。觀眾的熱情一次比一次瘋狂。將光瑠的表演錄影後製成的光碟和錄影帶也都熱銷，當音樂會結束時，觀眾都會湧去後台出口等待演奏者，也就是光瑠出來。

和輝美一起去看音樂會的同學說她想看光瑠一眼，所以找她一起去後台。輝美知道光瑠向來不會出現在觀眾面前，所以有點意興闌珊，但又懶得說明自己和光瑠之間的關係，所以就陪同學一起去了後台。

果然不出所料，只有音樂會的工作人員從後門走出來，光瑠應該已經從另外的出口離開了，現在可能躺在高級車的後車座。

走吧——她正想對同學這麼說時，看到相馬功一從後門走了出來。

「啊！」

輝美撥開人群，想要擠到前面。她想向功一打聲招呼，即使無法交談，也希望他可以注意到自己。他一定會對著自己露出燦爛的笑容。

但是，當她快要擠到最前面時，突然停了下來。因為她看到一個陌生女人跟在功一的身後走了出來。不，跟在他身後走出來當然沒有問題，令輝美感到震驚的是那個女人親密地走去功一身旁。功一也滿臉喜悅地回頭看著她。輝美看著功一的眼睛，發現他的眼中只有那個女人，完全看不到周圍。

她是誰？這個女人是誰？

輝美愣在原地，用目光追隨著功一和那個女人。陌生的女人很漂亮，也很成熟，功一才會露出這麼幸福的表情。

告訴我，這個女人是誰——當她在內心吶喊時，發生了神奇的現象。

她覺得周圍突然暗了下來。她看不到其他的東西，也聽不見聲音，好像周圍的時間停止了流動。

只有功一的身體在黑暗中發出微光。

介於白色和金色中間的奇妙色彩的光籠罩了他的全身，更奇妙的是，光的強度並不穩定，而是隨時發生變化。

這是什麼？這些光是怎麼回事？輝美茫然地注視著功一，雖然她不知道那些光是怎麼一回事，但她很快發現一件事，當功一看著那個女人、和那個女人說話，以及碰觸那個女人時，他就會發出更強烈的光。

原來他喜歡那個女人。輝美立刻瞭解了狀況，同時接受了神奇的光。雖然她無法解釋這個現象，但光告訴了她真相。

「輝美，妳怎麼了？突然擠到前面來，現在又在這裡發呆。」同學來到她身旁說道。

「不，我沒事。白河光瑠真的沒有出來。」

輝美在人群中轉身，走出了人群。她在中途回頭看了功一一眼，在心裡向他道別。

隨著小小的失戀一起出現的奇妙現象之後也頻繁出現在輝美面前。當老師發考卷時，有一個男生的身體突然發出那種光。當他接過考卷時，光變得更加強烈了。雖然男生假裝面無表情，但事後一問才知道，原來他考了滿分。雖然他說完全沒自信，但輝美認為他在說謊。正因為充滿自信，所以在拿到考卷之前，身體就發出了光。

有一次放學後，她去看新體操社的同學練習。那個同學在上課時總是昏昏欲睡，但輝美在體育館見到她時，發現她全身發出刺眼的光。那個同學在練習體操時，乳白色的光籠罩了她的全身，簡直就像精靈。

輝美起初以為只有活力充沛的人才會出現這種光，不久之後，她發現每個人都會發出光。不光是人，貓狗和植物也都會發光。

只是光的強弱有所不同，會因為身體狀況和精神狀態不同而時強時弱。生病的人的患部光線特別弱，當所有的專注力都集中在身體的某個部位時，那個部位就會發出強光。輝美曾經看過正在寫書法的老師手上發出強烈的光芒。植物在發芽前，光會變得特別強。

輝美完全不知道為什麼會發光，也不知道自己為什麼能夠突然看見那些光，只是她無法和任何人討論這件事，只知道一定和光瑠的光樂有關。她告訴自己，既然是光瑠帶領自己有了這種能力，所以不必感到害怕。同時，她不由得想，光瑠可能很久之前就能夠看到這種光，才能這麼精準地抓住年輕人的心。

她很想和光瑠見面，想要見面把這件事告訴他。只不過光瑠如今已經成為雲端上的人，無法再像以前一樣輕易和他說話。

這天放學後，同班女生告訴她一件奇怪的事。那個女生說，今天晚上，天鵝公園會舉行光樂的音樂會。

「什麼？不可能吧？」輝美立刻回答，「聽說以後不會在天鵝公園舉行音樂會了。」

「真的要舉辦啊，我們要不要去看？」

「當然要啊。」

輝美用力說道，如果光瑠再度回到公園，那簡直就像作夢，但真的會發生這種事嗎？

那天晚上有很多年輕人聚集在天鵝公園，似乎都聽到了那個傳聞。這裡已經好幾個月沒有這麼熱鬧了，輝美帶著懷念的感覺，走向戶外舞台。

「咦？果然要買票。」

入口旁設置了一個臨時售票處，必須在那裡購買門票。和光瑠目前的音樂會門票價格相比，當然非常便宜，但以前光瑠在這裡表演時並不收錢。

「啊，不對。」

她們在售票處排隊時，那個同學突然驚叫起來。

「什麼不對？」

「不是白河光瑠，妳看看板上寫的。」

輝美看向同學指著的看板，上面大大寫著「光樂」兩個字，旁邊是一個陌生的名字。只有宣傳文案中提到了光瑠的名字，「挑戰白河光瑠，新銳的光樂」。

「原來有新人出現了。輝美，怎麼辦？」

「既然來了，就看看吧。」

輝美心想，也許別人也具有和光瑠相同的能力。果真如此的話，自己也許可以和他討論一下，在那個人像現在的光瑠一樣，變成雲端的人之前，可以向他請教一下自己的情況。

輝美坐在戶外的觀眾席上等待演奏開始，回想起光瑠第一次在這裡演奏時的情況。當時，功一就坐在身旁。不知道他最近在幹什麼？還是和那個漂亮的女人在一起嗎？

當她想著這些事時，周圍突然暗了下來，機器和演奏者出現在舞台上。機器和光瑠使用的光樂器外觀相同，也有十二盞燈，機器後方有好幾面大鏡子。

輝美完全不認識那個演奏著，誇張的打扮很像電影《阿瑪迪斯》裡的莫札特。一片寂靜後，演奏緩緩開始。是〈查拉圖斯特拉如是說〉，那是知名科幻電影的主題曲。

在樂曲響起的同時，燈泡開始發光，配合著音樂變化出五彩繽紛的顏色，透過後方的鏡子反射、擴散。

「哇，好漂亮。」

坐在輝美身旁的同學發出感嘆，但輝美完全沒有任何感覺。的確發出了很多光，但也僅此而已，音樂和光缺乏協調和整合性，只是雜音透過揚聲器放大而已。

演奏者如癡如醉地演奏著，他的演奏技巧並不差，可能很擅長使用電子合成器，但在光樂方面，根本連小拇指般的能力也不具備，只是靠著音樂和鏡子的虛張聲勢糊弄毫不知情的觀眾。

看著雜亂無章的光，輝美越來越頭痛，忍不住閉上了眼睛。看到同學樂在其中，她打算一直閉上眼睛聽到最後，沒想到同學輕輕拍著輝美的大腿，小聲地說：「好像越來越無聊了。」

「走吧。」輝美提議道，「這傢伙根本是冒牌貨。」

她們站了起來，令人驚訝的是，很多觀眾都紛紛離開，到處可以聽到「冒牌貨」、「假貨」、「瞎模仿」的字眼。

走出公園時，輝美見到了一張熟面孔。那是相馬功一所屬的飆車族的團長，名叫宇野哲也。輝美巡視周圍，確認功一不在場後走了過去。他也發現了輝美，露出了驚訝的表情。

「輝妹妹，妳也來看這種差勁的表演。」

「你不是也來了嗎？」

「我是來偵察的，因為可能是生意的競爭對手。雖然光瑠說根本不必在意。」

「原來光瑠知道有這種冒牌貨。」

「好像是，他說之後會不斷有這種人出現。」

「所以全都是冒牌貨。」

「不，好像並不都是冒牌貨，不久之後，也會出現真的有這種能力的人，只是還需要一段時間而已，所以現在只要對有人想要自己創作光樂這件事感到高興就好，不管是不是冒牌貨。」

「自己創作光樂？」

輝美驚訝地問。

「是啊，不過，該怎麼說呢？我搞不太懂他的想法。」

「是喔……」

輝美的腦海中浮現一個念頭，但她並沒有說出口。

「再見。」

團長向她打招呼後，騎上機車，發動引擎後，轉眼之間就消失不見了。

「他是誰啊？好猛喔。」

同學用陶醉的聲音問道，「嗯，一個朋友。」輝美模稜兩可地回答，剛才的想法越來越強烈。

這種想法太狂妄了，簡直不知天高地厚，竟然覺得自己可以演奏光樂。這種話當然說不出口——

15

志野政史在桌前托著腮，把意念都集中在腦袋的某個部分，看著清瀨由香和兩個同學走進來，然後看到她們全身發出淡淡的光。

「志野，有一件事想要拜託你。」

由香雙手合十放在臉前，用嗲聲對他說話。這時，她身體發出的光陡然變暗了。

「什麼事？」

政史假裝沒有察覺她的內心問道。

「門票，」由香說，「你有沒有辦法弄到光瑠音樂會的門票？下個月不是要在這裡舉行嗎？拜託你，只要三張就好。」

她身旁的兩個女生也露出諂媚的笑容向他鞠躬。可能她們覺得這麼做很痛苦，身體發出的光越來越暗，幾乎看不到了。

「不好意思，我並沒有多餘的門票。」

政史說道，三個女生都抬起了頭，毫不掩飾臉上不滿的表情。

「啊？這樣喔？」由香遺憾地說道，「你之前不是可以拿到很多票嗎？你不是說和光瑠有私交嗎？」

「是啊，但現在的狀況和那時候不一樣了。因為現在太受歡迎了，所以沒辦法張羅到太多票。」

「是喔。」

「不好意思。」

「沒關係，那就沒辦法了，那下次再拜託你。」

由香帶著另外兩個女生離開了。他注視著三個女生的背影，看到她們身上再度發出了光。是喔是喔，原來妳們這麼討厭和我說話。妳們正在說我的壞話，而且在說我壞話時，妳們都感到很高興。最好的證明，就是妳們身上的光越來越強烈——

政史如今已經能夠自由操控某一天突然出現的這種能力。他只知道那應該是受到光瑠的光樂影響，並不知道這種能力到底是怎麼回事，只是隱約知道只有他能夠看到的這種光所代表的意義。也就是說，這種光代表一個人的精神狀態和健康狀態。

精神狀態也包括感情。政史學會了用光判斷自己身邊的人的感情動向，看到的結果卻令他極度失望。

大部分人對他沒有任何感情，根本把他當成空氣。原本以為是好朋友的同學，只是對他的學力和財力有興趣。

最讓他傷心的是，他由此得知了由香的本性。她在政史面前都戴著假面具，即使故作親密地靠近時，由香感情的光如實地證明了她內心感到極度不耐煩。以前在政史面前露出的笑容和撒嬌態度，都是為了拿到光瑠音樂會門票假裝出來的。

得知真相後，他深受傷害，但諷刺的是，也是由香緩和了他的傷痛。即使知道了她的真面目，他的目光仍然追隨著她，很快就發現了奇妙的事。由香周圍那些跟前跟後的同學，很多人對她並沒有好感，但由香仍然被他們的奉承、馬屁迷惑，自以為很受歡迎。政史覺得太滑稽了。

每個人都一樣，每個人都很醜陋——

仔細觀察後，他發現周圍充斥著假面具、欺騙和表演，沒有真正的友情，每個人都心機很重。

老師也一樣，大部分老師只是基於惰性在課堂上授課。聲音宏亮並不代表有教學熱情，政史曾經看到老師在下課後準備離開教室時，遇到學生問問題，內心感到厭煩。他也曾經看到某位男老師在走廊上交代一名女學生事情時，全身的光所顯示的興奮感情，無論怎麼看，都不像是老師對學生應有的感情，而是男人看到了自己喜歡的女人。

政史當然不是只在學校發揮他的觀察力，不，其實在家的時候令他更加痛苦。

爸爸無視媽媽的存在。雖然表面上對媽媽輕聲細語，假裝是溫柔體貼的老公，但爸爸的心早就已經被醫院裡的年輕護士占據了。

媽媽似乎早就察覺到這件事，所以也討厭爸爸。媽媽只關心兒子的事和錢的事，但政史已經知道，其實這兩件事都導向同一件事。也就是說，媽媽只關心自己，只關心自己的生活、自己的揮霍，以及自己老後的生活。

昨天也因為這件事發生了衝突。當時，他和媽媽兩個人單獨吃晚餐。

「如果妳想說什麼就說啊。」

政史放下筷子，質問媽媽賴江，賴江露出心虛的表情。

「我並沒有想說什麼。」

「別裝糊塗了，妳不是一直很在意我嗎？」

賴江的身體靠政史那一側的光越來越強，這代表她的注意力集中在那一側，也就是集中在政史身上。

「我只是在想，你最近身體怎麼樣？」

賴江有點尷尬，露出僵硬的表情說：

「我沒事。」

「真的嗎？因為你氣色不太好，媽媽很擔心。」

「妳少囉嗦，和妳沒有關係。下次如果再把我帶去醫院，後果自己負責。」

「你怎麼這樣對媽媽說話？我是為你好。」

「妳是擔心萬一我腦筋出了問題，以後無法繼承那家醫院，自己的老後生活有問題吧？我知道妳在想什麼。」

「才不是這樣。」

「所以我不繼承醫院也沒關係嗎?」

政史質問，賴江的光變得非常弱，但她還是回答說：

「對啊，如果你不喜歡，不繼承也沒問題。」

「少說謊了。」

政史雙手拍著桌子站了起來。他不理會賴江叫他的聲音，回到了自己房間。一陣劇烈頭痛，他在床上翻滾了一個多小時。媽媽來敲他的房門，他大叫著：「妳走開，不許開門。」

今天早上，他也沒有吃早餐，就偷偷溜出了家門。他不想見到父母。

我接下來會怎麼樣——灰色的不安籠罩著政史。

16

政史會怎麼樣?我的兒子會變成什麼樣?

志野賴江為這件事煩惱不已。因為政史的行為越來越奇怪，尤其那雙充滿疑心看著自己的雙眼，讓她感到惴惴不安。他的表情好像早就看穿了一切。最近只要政史盯著賴江看，賴江就不由得感到害怕。

都是那個惹的禍。賴江想起了光樂的事。早知道當時應該阻止他。在他去未完工的市民音樂廳時，應該還有辦法阻止他，但因為擔心他的成績退步，所以才會讓步。唉，沒想到，怎麼會這樣？現在真的已經為時太晚了嗎？

丈夫秋彥一點都不可靠。雖然一度強勢地把政史帶去腦神經外科做檢查，但沒有任何結果就回了家。那次之後，政史比之前更不相信父母了。

「目前還在繼續調查，事情沒這麼簡單，還無法從科學的角度解釋光樂。」秋彥好像辯解似地說。不，賴江認為丈夫就是在辯解，為自己身為醫生，卻對兒子的異狀無能為力辯解。

必須由自己來解決這個問題，但是，到底有什麼方法可以解決呢？

當賴江處於這種精神狀態時，她收到了一封信。寄件人欄位中寫著「光樂危害對策研究會」。「光樂危害」幾個字吸引了她。

那封信是用電腦打字，內容充滿知性。根據信件的內容，這個研究會是以家庭主婦為中心的團體，目前正在著手調查時下流行的光樂對青少年的不良影響。如果也有人為這個問題煩惱，歡迎上門諮詢。除了信以外，上面還有一張影印的紙，上面列舉了幾個看起來像是受到光樂危害的事例。賴江看了之後，發現和政史有很多共同點。

接下來的那個星期天，賴江前往研究會的辦公室。實地前往之後發現，那只是普通公寓內的一間套房。她按了門鈴，門打開了，一個戴著眼鏡的女人開了門，臉上完全沒有化妝。

「妳是志野太太嗎？」對方問道。賴江事先打電話通知了研究會。

「對。」

「請進，啊，不用脫鞋子沒關係。」

室內只有一張辦公桌，周圍排放著書架。當賴江走進去時，室內的另一個女人站了起來。她的頭髮綁在腦後，也沒有化妝，挽起襯衫的袖子，讓人感覺很有活力。

那兩個女人簡單地自我介紹。挽袖子的女人是會長，戴眼鏡的女人是副會長，兩個人都是家庭主婦。當賴江得知她們的孩子都讀中學時，忍不住感到驚訝。因為她們看起來都只有三十出頭而已。

「那就請妳談談令郎的情況。」

會長請賴江坐下後，立刻說道。

在賴江說話時，那兩個女人不時互望，不時點頭，有時候也會問幾個問題，但她們都沒有太驚訝，好像類似的情況早就聽膩了。

「我充分瞭解了。」賴江說完後，那個擔任會長的女人點了點頭，「這的確就是光樂造成的危害，而且是很典型的類型。」

「這稱為疑似毒品中毒症。」副會長說。

「毒品……」

「毒品中毒者身上也有相同的症狀，」會長說：「會變得很容易懷疑他人，以為別人都對自己有敵意。」

沒錯，就是這樣。賴江心想。

「那、現在該怎麼辦？」

那兩個女人露出尷尬的表情沉默了一下，互看了一眼。會長隨即說：

「很遺憾，目前並沒有治療的方法。」

「怎麼會……」

「但有一件事很明確，即使是毒品中毒者，只要不再使用毒品，症狀就會改善，所以必須讓妳兒子戒掉光樂。這是唯一的方法，只不過光樂和毒品不同，目前並不違法，很難完全杜絕。唯一的方法，就是讓白河光瑠完全停止活動，我們正在為這個目標努力。」

「如果無法阻止，我兒子會怎麼樣？」

「症狀會更加惡化。」

會長說完，向副會長使了一個眼色。副會長立刻打開了房間角落的錄影機和電視的開關。

「妳等一下會看到一些年輕人已經出現末期症狀的影像，我們經由他們父母的同意，特地拍下了這些影像。」

會長的話音剛落，螢幕上就出現了畫面。畫面上有一個瘦小、臉色蒼白、雙眼失焦的男人。他抱著膝蓋，不知道嘀嘀咕咕說著什麼。

「雖然他看起來像老人，但其實還是中學生。」

聽到會長的話，賴江說不出話。畫面上接二連三出現了類似的年輕人，每個人都幾乎變成了廢人。

「這些孩子目前都在各自的家庭中受到照顧，只是現在還沒有治療方法，即使帶他們去醫院做各種檢查，這些孩子的身上也沒有任何異狀，醫生說，既然沒有異狀，就無法進行治療。即使我們主張，都是因為光樂造成的，他們也不理不睬，反而認為是讀書太用功造成精神錯亂，或是懷疑家庭是否有問題。」

「我兒子也早晚……」

「也會變成像錄影帶裡的孩子，只是時間早晚的問題。」

會長斷言道。賴江覺得自己的救生索被割斷了。

「所以，志野太太，」副會長在一旁說道：「為了避免日後再出現相同的受害人，我們必須站起來。我們一起努力吧，希望有朝一日，光樂從這個世界消失。」

賴江瞪著戴眼鏡的女人。日後？避免再出現相同的受害人？有朝一日，光樂從這個世界消失？

開什麼玩笑！重要的不是日後，而是現在，必須馬上採取行動拯救政史。

離開辦公室後，賴江仍然失魂落魄。必須採取行動。趕快、趕快。

唯一的方法，就是讓白河光瑠完全停止活動——她的腦海中響起會長的話。

17

走下計程車，相馬功一仰望著眼前這棟建築物。銀色的大樓就像是一棟未來的堡壘。

「無論看多少次，都覺得這棟大廈很氣派。」功一身旁的大津聖子說：「我真希望住在這裡看看，只住一個星期就好。」

「如果光瑠聽到妳這麼說會生氣，因為他說自己並不是住在這裡，而是遭到了監禁。」

「即使監禁我也沒關係啊。」

聖子說完，吐了吐舌頭。

大廈入口有保全系統，是一台像小型提款機器的東西。功一把自己的ＩＤ卡插了進去，然後輸入密碼，旁邊的玻璃門立刻靜靜打開了。只有這棟大廈的住戶才可以申請ＩＤ卡，外人不得擅自進入。聖子才剛加入光瑠的團隊，目前還沒有這張ＩＤ卡。

他們搭電梯來到十樓，兩個人一起走在長長的走廊上。光瑠住在走廊盡頭的最後一間。按了對講機後，傳來宇野哲也的聲音。功一報上姓名後，門立刻打開了。

「辛苦了。」哲也說，「情況怎麼樣？」

「沒搞頭。」

「所以也是冒牌貨嗎？」

「真是遺憾了。」功一回答。

今天中午，他帶著聖子一起去參加一場音樂會。三個自稱有能力操控光的年輕藝術家包下一間迪斯可舞廳，舉行了這場音樂會。

但功一只坐了十分鐘而已，就和聖子離開了。因為一聽就知道是冒牌貨。

哲也吐出下唇，晃了晃下巴，示意他進去裡面。他們穿越門廳，來到一個幾乎可以打排球的巨大客廳，光瑠正坐在角落的桌子前寫東西。功一知道他在創作新的樂曲。

「是功一他們。」哲也對光瑠說：「又是白跑一趟。」

光瑠轉動椅子，看著功一他們。

「是嗎？那太遺憾了，但這樣接連失望的情況也不會持續太久。」

「你是說，早晚會出現真正的光樂家嗎？但真的會有嗎？這是只有你具備的特殊才華吧？」

功一說出了今天去聽冒牌音樂會時的想法。

「沒這回事，」光瑠平靜地說，「雖然在目前的階段，可以稱為特殊才華，但其實每個人都有這樣的潛力，一旦這種潛力覺醒，連鎖反應就會浮現在表面。目前可以說是水壩等待決堤的狀態，螞蟻正拚命在水壩上打洞，不久之後，水就會從這些小洞慢慢滲出，從那裡開始侵蝕，引發更大的滲水。最後，整個水壩就會被沖垮，大量的水同時流出。到時候就一發不可收拾了，具有再大力量的人也無法阻擋。」

「到時候會怎麼樣？」哲也問，「每個人都會演奏光樂嗎？」

「如果想要演奏，應該就沒問題，就好像現在任何人想要演奏樂器都沒問題一樣，但以此為職業，也就是音樂家，只有一小部分人而已。光樂發展到最後，應該也會是相同的情況。」

「那其他人呢？即使光樂的才能覺醒了，也不加以運用嗎？」

「不，不是這樣，比起演奏，會把這種能力用在更重要的地方。到時候，你們就會知道了。」

「到時候是什麼時候？」功一問。

「到時候就知道了啊。」光瑠笑了起來，將視線移到站在功一身旁的聖子身上，「聖子，妳適應工作了嗎？」

聖子突然被問到，有點不知所措。她看了一眼功一，吞吞吐吐地回答：「嗯，算是適應了。只是還有很多不懂的地方。」

「只要按功一的指示去做就好了。」

光瑠笑著，看了看她，又看了看功一。被他的眼神注視，功一覺得內心都被看穿了。

這時，玄關的方向傳來聲音。有人走了進來。能夠自由出入這裡的只有一個人。

「大家都在嘛。」

身穿深藍色西裝的佐分利左手插在口袋裡走了進來。濃妝豔抹、身材不像日本人的女秘書跟在他的身後，今天穿著開了高衩的窄裙。

「新的樂曲完成了嗎？」佐分利問光瑠。

「最好再給我兩天，目前已經完成八成了。」

「等不及兩天了。」

佐分利仍然把一隻手插在口袋裡，打量著室內。功一不瞭解詳細的情況，只知道這間房子也是佐分利他們公司名下的不動產，所以他可能順便來確認一下商品。

「好吧，那就再等一天。明天晚上就要拍攝，攝影棚已經準備好了，哲也，明天六點帶光瑠去攝影棚，知道了嗎？」

「知道了。」哲也回答。

佐分利在旁邊的沙發上坐了下來。

「這次的目標是一百萬支錄影帶，怎麼樣？有辦法達到嗎？」

「可能吧，」光瑠鎮定自若地回答，「但這次可能是顛峰了，之後的數字會逐漸下滑。」

「你是說盜版嗎？」佐分利一臉不耐的表情，「聽說市面上已經有不少盜版，我會派人去租片行突擊檢查，今天早上還在討論這件事。」

「光樂的著作權問題進展如何？」哲也問道。

「已經請律師去辦理相關手續了，近期可能會有結果，只是光樂器的專利問題不太順利。」

「可能沒辦法申請到專利。」光瑠若無其事地說，「無論是彩色燈還是電子合成器，都是現成的，即使將這些器材組合起來，也不算是新開發的商品，只能針對迴路的部分申請專利。」

「沒錯，所以目前正往這個方向進行。」

「好啊。說回剛才的話題，錄影帶的銷量下滑，並不光是盜版的關係，而是因為更本質的原因。」

佐分利聽到光瑠的話，挑了一下眉毛。

「什麼意思？」

「那些資深的樂迷看到電視畫面上的影像無法滿足。問題在於電視的映像管，是藉由混合紅、綠、藍三色的光發出任意的顏色，但無法發出黑色的光。即使關掉電視，畫面也不是黑色，而是映像管的顏色，這並不是真正的光樂，光樂需要黑色這種顏色。」

「喔，難怪。」功一拍了一下手，「我就覺得奇怪，這一陣子即使看光樂的錄影帶，也不會像之前那麼興奮。」

「這才是正常現象。在剛瞭解光樂的初期，或許會感到滿足，但日子一久，就無法滿足了。」

「那該怎麼辦？如果是映像管的問題，即使製成光碟也沒有意義。」

佐分利不耐煩地問：

「光樂的硬體使用映像管會受到限制，看來有必要開發新的硬體。」

「聽你的口氣，似乎已經有什麼想法了？」

佐分利撇著嘴角，輕輕笑了起來，光瑠也笑著點了點頭。

「要製作小型光樂器，裡面安裝小型電腦，讀取ＣＤ或是磁碟片上的訊號自動演奏，就可以在家中聽音樂會，和數位鋼琴的自動演奏裝置的概念相同。」

「原來如此，這麼一來，就可以賣ＣＤ或磁碟片了。」

「或是用卡片就可以了。」

「好！」佐分利打了一個響指，「太有意思了，這種商品搞不好可以成為第二立體音響器材。不瞞你們說，已經有三家影像機器的公司來洽詢光樂器的事，我來和他們討論一下。」

佐分利指示了女秘書幾件事。

「好了……」佐分利從沙發上站了起來，「明天就在攝影棚見，期待可以聽到美妙的新樂曲。拍完錄影帶之後，下星期就要開始準備音樂會，這次要辦得轟轟烈烈，好好加油。」

他帶著秘書離開後，哲也重重地吐了一口氣。

「他這個人就像一場暴風雨，做事還是這麼有魄力。」

「他是紳士，」光瑠說，「他很紳士，也值得信賴，只是有點強勢。」

功一點了點頭。

功一並不瞭解佐分利他們公司的情況，也許比起「公司」，更應該稱之為「組織」。

但回顧這幾個月所發生的事，就可以充分瞭解他的力量有多麼強大。在佐分利他們的推動下，光樂在日本已經家喻戶曉。

功一隱約察覺到，佐分利並不是「組織」的最高領導人，背後可能是之前哲也曾經提到的那個「會長」，但他從來沒有提過這件事，至少絕對不可能在佐分利面前說這種話，他憑直覺知道，這是極其危險的事。

「明天之前要完成新樂曲，沒問題嗎？」功一問。

「沒問題，其實已經完成了。」光瑠對他擠眉弄眼，「這麼一來，明天傍晚之前就可以輕鬆一下了。」

正當所有人都露出放鬆的表情時，電話響了。哲也接起來後，轉給了光瑠。好像是光瑠家裡打來的。

光瑠聊了兩、三句後，神情緊張起來。「輝美？」

功一聽了，忍不住一驚。小塚輝美發生什麼事了？

「嗯……我知道了，沒關係，可以給她，我已經不需要了。」

他又報告了近況，才掛上電話。

「輝妹妹怎麼了？」哲也問道。

「嗯……」光瑠遲疑了一下，笑著說：「不是什麼重要的事。以前我曾經答應她，要借書給她，她一直記得這件事，所以就去了我家，我告訴家裡說，可以隨便她挑。」

「原來輝妹妹這麼愛看書。」

哲也語帶欽佩地說。

但功一覺得有點奇怪，即使光瑠真的曾經答應輝美，為什麼輝美現在去光瑠的老家？她應該知道，光瑠已經不住在家裡。話說回來，光瑠又沒有理由要騙自己。

一個小時後，功一和聖子離開了大廈。外面的天色已經暗了。「我送妳回家。」功一說，但聖子對他搖了搖頭。

「今天我和朋友約了見面，是我高中的同學。」

「是喔，那我們就在這裡道別，我機車停在這裡。」

「嗯，那我們明天見。」

聖子揮了揮手，走向車站。功一目送著她的背影離去後，走去停車場。

晚上八點二十分，木津玲子來到約定的飯店。男人在房間抽著菸等她，菸灰缸裡已經積了很多菸蒂。

「真晚啊。」

男人把手上的菸在菸灰缸裡捺熄後說道。

「我回家換了衣服，我不想穿很醜的衣服來這種地方。」

玲子在椅子上坐了下來。

「妳不是穿那些很醜的衣服和相馬功一約會嗎？」男人在兩個杯子裡倒了白蘭地，把其中一杯放在玲子面前，「之後有什麼變化嗎？」

玲子喝了一口白蘭地。

「在光瑠的提議下，佐分利正打算把光樂器商品化，不是做為樂器，而是注重做為鑑賞光樂用影像機器的功能。」

男人的雙眼亮了起來，「廠商願意配合嗎？」

「好像接下來才要談，聽說目前已經有三家公司有意願。」

「這可不行。」

男人皺起眉頭，然後喝了白蘭地。

「你似乎把光樂視為眼中釘，是『老師』的指示嗎？」

玲子問。男人瞇起眼睛瞪著她。她把臉轉到一旁。

「雖然妳覺得事不關己，但如果任憑光樂橫行，妳也會遭殃。」

「什麼意思？」玲子問。

「因為有可能顛覆整個社會結構。」

「怎麼可能？」

「目前是這樣，」男人拿起白蘭地酒杯，在半空中畫了一個大三角形，「整個世界是金字塔型，到時候可能會整個翻轉。」

「為什麼會這樣？只不過是那種東西而已。」

「雖然只是那種東西，但年輕人趨之若鶩，不光是趨之若鶩，而且還想要大幹一番，無論如何都必須阻止。」

「我聽不太懂你的意思。」玲子說，「也不知道金字塔翻轉，我到底是吃虧還是占便宜。」

「妳怎麼可能占便宜？」男人用粗暴的語氣說，「我們現在位在金字塔頂端附近，無論怎麼翻轉，都只會吃虧。」

「是喔……」

玲子不置可否地應了一聲，喝了一口白蘭地。她完全不覺得自己在金字塔頂端附近。雖然想要什麼就有什麼，但也為此付出了很多代價。

「話說回來，」男人鑽進了被子，「他們下一步打算做什麼？白河光瑠接下來有什麼打算？」

「對了，他今天提到一件令人在意的事。」

「什麼事？」

「水壩決堤的事。」

玲子把光瑠的話轉述給男人。目前是螞蟻在打洞的階段，當所有的水都流出時，再大的力量也無法阻止——

「那個人也說了類似的話。」男人皺著眉頭說。他口中的「那個人」，無疑就是「老師」吧。「也就是說，以後會有很多這種小鬼嗎？到底是怎麼回事啊？」

「不知道。」玲子搖了搖頭。

「算了，他們能夠為所欲為的時間也不多了。」

「什麼意思？」

「計畫已經在順利進行了。白河光瑠的下一次音樂會是在下個月吧？」

「對，在國際音樂堂舉行，佐分利比之前更加投入。」

「嗯，他們也只能得意到那一天為止。」

「那天會發生什麼事嗎？」

「到時候會對妳下達指示，妳就好好期待吧。對了——」男人在床上伸出手，把玲子的身體拉了過來，「妳和相馬功一還順利嗎？」

「他並沒有察覺。」

「妳已經讓他上了嗎？」

聽到他用這種低俗的方式說話，玲子皺起眉頭，看著他的臉。

男人意味深長地笑了笑，「是喔，已經被他上了。喔喔，是這樣喔。」然後伸手去摸她的大腿。

玲子悄悄地嘆了一口氣。接下來又是討厭的時間。

18

輝美看到紙箱內的東西，感到極度絕望。她根本不知道該怎麼處理無數電線和複雜的儀器，覺得自己根本沒能力完成。

為什麼之前會以為自己有辦法做到——看著這些儀器，她越來越生氣。竟然誤以為愚蠢的想法是美妙的事，而且還付諸了行動。她對這樣的自己感到生氣。

紙箱內裝的是光樂器，但並不是光瑠目前使用的那麼複雜的儀器，而是最初他用來呼喚輝美他們時所用的簡單樂器。他當時曾經說，這就像原聲吉他。

輝美想要自己演奏光樂時，最先想到了這些樂器。初期的樂器應該留在光瑠的老家，現在已經不再使用了，也許上門拜託，他們願意借給自己使用。

於是，輝美昨天鼓起勇氣去了白河家。雖然她知道地點，卻是第一次上門。她見到了光瑠的母親，她看起來溫柔高雅，富有知性。不愧是光瑠的母親。

當輝美提出想要借樂器時，她打電話問了光瑠。光瑠的回答出乎她的意料。他說可以把樂器送給她。

樂器分解後，目前收在紙箱內。「我想我應該有辦法組裝起來。」輝美對光瑠的母親說。當時真的是高興得忘乎所以。

但是，回到家稍微冷靜下來後，就知道自己想得太天真了。自己完全缺乏機械和電力的相關知識，怎麼可能有辦法組裝這些東西，即使僥倖組裝完成，也完全不知道該如何演奏。既然無法組裝，也無法演奏，難得的寶物也只是垃圾而已。

我真是太蠢了。像我這麼愚蠢的人不應該活在這個世界上——輝美注視著紙箱，咒罵著自己。

沒想到事態在翌日就有了好轉，她收到了光瑠寄來的信。

「好久不見。」光瑠第一句話這麼寫道，然後寫了以下的內容。

「好久不見，聽到妳一切安好，我就放心了。之所以寫這封信，是因為我猜想妳不知道樂器的使用方法，正感到不知所措。我隨信附上了組裝方法和使用方法，提供給妳參考。

我之前就有預感，也許有一天，會有人去我家拿那些樂器。或許可以說是我的期待，我非常高興看到那個人是妳。

光樂沒有規則，只要聽從心的命令，把訊息改變成光就好。有人會接收這種訊息，那就是新世界開始的時候。

加油，我的同胞。　　光瑠字。」

輝美看了兩遍信的內容，覺得身體內湧現了不可思議的力量。光瑠瞭解一切，瞭解自己的變化，以及自己想要做的事——

我的同胞。

這句話打動了輝美的心。光瑠認同自己，覺得自己是盟友。

輝美看了另一張信紙，上面用通俗易懂的方式，說明了樂器的組裝方法和使用方法。只要有了這張說明，應該可以解決目前的難題。

「我會加油的。」

她對著窗外小聲說道。因為她覺得光瑠說的新世界就在前方。

19

收拾完晚餐後，志野賴江獨自在客廳打開了電視。這一陣子，她經常獨自在客廳。政史整天都躲在自己房間，丈夫秋彥也不在家。賴江知道秋彥根本是在逃避，他在逃避政史的利眼。當被兒子注視時，總覺得內心深處都被看透了。秋彥內心有很多秘密，當然無法承受兒子的視線。

電視上正在播放綜藝節目，短劇中，一個渾身綁滿電燈的男人正在彈鋼琴。她中途發現是在模仿白河光瑠，立刻關上了電視。嘈雜的聲音消失後，只剩下沉重的寂靜，好像空氣有很高的黏度，呼吸也變得很痛苦。

賴江幾乎無意識地站了起來，搖搖晃晃地走上樓梯，當她回過神時，發現自己正把耳朵貼在政史的門上。

房間內傳來隱約的動靜。她豎起耳朵，聽到了音樂聲。是電子音樂。而且是之前聽過的〈波麗露〉。那是白河光瑠演奏的樂曲。

門沒鎖，她打開了門。室內一片漆黑，只有電視畫面發出了光。電視上播放的就是光樂。政史表情空洞地躺在床上，出神地盯著電視。

賴江打開了房間的燈，立刻找到了旁邊的插座，一個勁地把插頭拔了下來。音樂中斷，電視的影像也消失了。

「妳幹嘛？」

政史從床上跳了起來。

「我不是說了，不可以再看光樂了嗎？我已經把錄影帶都丟了……這盒錄影帶哪裡來的？」

「不關妳的事，而且，妳怎麼可以隨便丟我的東西？」

「這是毒品，會危害你的身體。上次有人這麼告訴媽媽。」

「那根本是胡說八道。」

「才不是胡說八道，是真的，所以拜託你，趕快忘了光樂。」

「不要，沒有光樂，我就活不下去。」

「政史……」

賴江倒吸了一口氣，注視著兒子削瘦的臉龐。

「妳出去，如果下次妳再敢隨便丟我的東西，我不會饒妳。」

政史說完，把賴江推出房間，用力關上了門。身後傳來鎖門的聲音。

「政史，政史。」

賴江敲著門，但房間內沒有反應。賴江蹲在那裡，忍不住發出嗚咽。她淚流不止。

在「光樂危害對策研究會」看到的影像在她腦海中甦醒。畫面中那些像老人般頹廢的少年、像廢人般的少女。政史也會變成像他們一樣嗎？

翌日，她接到了研究會的聯絡。打電話給她的是副會長大隅友子。大隅友子說有事想和她見面談，賴江和她約在住家附近的咖啡店。

「不好意思，讓妳在忙碌之中抽時間和我見面，」大隅友子鞠躬說道，「妳兒子之後的情況怎麼樣？」

賴江搖了搖頭，她覺得自己的舉止看起來應該很無助。

「原來是這樣，」大隅友子嘆了一口氣，「大家都這樣。雖然很想消滅光樂，但事情沒有想像中那麼容易，那些孩子會千方百計想要看。」

「難道沒有什麼好方法嗎？」

賴江急切地問道，她覺得自己已經走投無路了，但大隅友子只是歪著頭。

「我們也在致力研究這個方法，但這畢竟不像戒菸這麼輕鬆。老實說，真的沒那麼容易。」

「是嗎……」

賴江低下了頭，覺得這種回答不聽也罷。

「呃，志野太太，今天我來找妳，是有一件事想要拜託妳。」

大隅友子用略微嚴肅的語氣說話。

「啊？」賴江抬起頭，「什麼事？」

「白河光瑠下個月不是要在國際音樂堂舉行音樂會嗎？」她說：「聽說規模比之前的音樂會更大，還會邀請各界名人。」

「是嗎？」

想到政史應該也想去參加，賴江忍不住感到憂慮。無論如何都要阻止他。

「我們希望妳也去參加那場音樂會。」

「啊？」賴江看著大隅友子的臉，「我嗎？我去幹什麼？」

「當然是為了抗議，」大隅友子斬釘截鐵地說：「要告訴白河光瑠，光樂造成了多大的危害，造成了多少年輕人的痛苦，同時，也要讓輿論瞭解這件事。」

「但是，我要怎麼抗議……」

賴江搖著頭，大隅友子向她點了點頭，似乎叫她不必擔心。

「實際的抗議由我們進行，妳只要負責創造機會就好。」

「創造機會？」

「讓白河光瑠中斷演奏，我們會在其他地方待命，所以必須由其他人負責創造機會。」

「呃，請問具體要用什麼方法中斷……」

「並不是什麼困難的事。」她說，「只要在他演奏時，拿著抗議文走上舞台就好。雖然警衛會立刻衝過來，但在此之前，我們就會出面。到時候，妳再和我們會合。我們會準備好抗議文，在音樂會開始之前交給妳。」

賴江想像著這個情景。自己根本不可能在數千名觀眾面前獨自走上舞台。

「我不行……」

「志野太太。」

大隅友子的態度驟變，用冷漠的語氣說：「一旦錯過這個機會，不知道下次什麼時候才能執行。白河光瑠會繼續演奏光樂，犧牲者就會不斷增加，妳兒子也永遠無法擺脫毒品，變成廢人，妳也無所謂嗎？」

她的話深深刺進了賴江的心裡。無論如何都必須拯救政史。

「抗議之後就能夠解決問題嗎？」

「這就不知道了，但如果什麼都不做，事態就會越來越糟。」

賴江咬著嘴唇低下了頭，放在腿上握拳的雙手流了很多汗。

「妳願意協助我們吧？」

大隅友子再度確認道。

賴江思考片刻，輕輕點了點頭。

20

放學後，小塚輝美約同學譽子和花織來家裡玩。她們都露出了意外的表情。

「真難得，沒想到輝美竟然會約我們去家裡玩。」譽子說。

「嗯，因為我想讓妳們看一樣東西。」

「什麼東西？」花織問。

「到時候就知道了，但我可以給妳們一個提示，和光樂有關。」

輝美知道這句話立刻吸引了她們兩個人的注意力，因為她們都是光瑠的忠實樂迷，正因為如此，她才會找她們。

「聽起來好像很不錯，」譽子雙眼發亮，「我要去。」

「我也會去。」

「那四點來我家，我會在妳們來之前準備好。」

「還要做準備嗎？」

花織露出不解的表情。

「是啊。」

因為要舉行音樂會啊。輝美把後半句話吞了下去。即使現在說了，她們也不會相信。

回到家，她立刻回到自己房間。這一陣子除了吃飯時間以外，她幾乎都關在自己房間內。

她打開壁櫥，拿出由三盞燈組成的光樂器。電源和操作的鍵盤在桌子下，她連接完成後，把插頭插進了插座，拉起窗簾，再用花零用錢買的厚實黑布掛在窗簾上，用曬衣夾固定，如此一來，幾乎可以擋住外面的光線。

她關掉房間的燈，在黑暗中靜靜冥想。開心的事、討厭的事、難過的事，許多事都在腦海中浮現後消失。這些事原本很凌亂，毫無關聯，但持續冥想後，變成一個明確的意識，在內心形成了核心。在意識到這一點之後，輝美把手指放在鍵盤上。

三顆球淡淡地浮現在黑暗中，當她移動手指時，三盞燈所發出的光也隨之變化。輝美在演奏時並沒有思考，而是憑著本能操作著光。光瑠寫信給她，向她傳授了使用這個樂器的方法，她這一陣子終於瞭解「只要聽從心的命令，把訊息改變成光就好」這句話的意思。

這就是光樂——輝美注視著自己創造的光的旋律想道。如果只是漂亮的光閃爍，根本沒有任何意義，必須表達自己的內心世界，所以那些冒牌貨光樂家無論使用多麼驚人的設備，也無法給人帶來任何感動。

她真實地感受到，自己做到了。雖然自己的才能遠遠不及光瑠，但至少自己目前所做的事不是模仿。

當譽子和花織如約在四點來到家裡後，證明了她的自信並不是過度的自信。起初她們只是帶著好玩的心情看著輝美演奏，但臉上的表情漸漸發生了變化，露出了好像在作夢般恍惚的表情。她們的表情和之前被光瑠發出的光所吸引，聚集在小學屋頂上的少年、少女相同。

演奏結束後，她們仍然一臉恍惚的表情。

「輝美，妳太厲害，太厲害了。」當輝美打開房間的燈後，譽子終於回過神，這麼對她說，「簡直和真的光樂一模一樣，不，這就是真正的光樂。」

花織也說自己深受感動，「雖然我搞不清楚是怎麼一回事，但我超感動的。」

「輝美，妳去表演給大家看。」

譽子提出了建議，輝美慌忙搖頭。

「我不能這麼做，一定會被笑死。」

「不會有人笑妳，大家一定很驚訝。妳來為大家表演，把大家請到我們教室，舉辦小型音樂會。」

「如果要表演，在自然實驗室更理想。」花織也激動地說，「因為窗戶上有黑窗簾。」

「對，自然實驗室更理想。」譽子用力點頭，把雙手放在輝美的肩上，「輝美，妳一定要表演，這實在太厲害了。」

輝美帶著奇妙的心情注視著異常興奮的同學。她們是因為親眼看到了光樂，心情激動不已，才會說這些話。這證明了自己演奏的光樂具有這種力量。

我考慮一下。輝美回答說。

她們回家後，輝美思考著自己接下來該做的事。她知道目前並不是任何人都能夠演奏光樂，小型音樂會固然不錯，但是否有向更多人傳達訊息的方式？

天黑之後，父親、母親和祖母都回家了，他們和以前一樣，在生活中努力避開對方，但輝美最近漸漸瞭解他們為什麼如此痛恨彼此。仔細觀察從他們身上發出的光後發現，他們對彼此心生畏懼。雖然表面上無視對方，但意識像箭一樣射向對方，因為不知道對方在想什麼，打算做什麼，所以感到害怕，把自己封閉起來，不讓對方有任何可乘之機。

如果可以告訴對方「不必對我感到害怕」，他們一定能夠和解，但是，他們首先必須讓彼此的精神世界更靠近，才能夠說出這句話。

言語有極限——輝美看著自己的父母，發現了這件事。

就在這時，她得到了啟示。已經上床準備睡覺的她立刻坐了起來。

她知道自己該做什麼。

輝美下了床，打開窗戶。窗外是一片寧靜的夜晚，這個世界上到處都有少男少女，正在尋求超越語言的某種東西。

就像那時候一樣。輝美想道。

21

不對勁。有哪裡不對勁，卻不知道到底哪裡不對勁——

志野政史感到痛苦不已。自己內心強烈地渴求著光。他之前也曾經有過類似的經驗，但只要體會光瑠的演奏一個小時，就立刻神清氣爽，但這一陣子的強烈慾求並不見得是渴求光瑠的演奏，而是渴望其他東西，只是他並不知道自己想要什麼。

最近這一陣子，他能夠洞悉他人從內部發出的光的能力越來越強，如今，他只要看一眼，就可以詳細把握對方的心理狀態，但通常都會為他帶來不愉快，所以他開始拒絕和別人見面，幾乎都沒有去學校上課。

媽媽賴江顯然是看到他這樣的變化，開始憎恨光樂，政史忍不住在內心覺得媽媽太膚淺。自己並不是因為光樂的關係而討厭他人，而是藉由光樂，瞭解了人類的本質，所以才會感到沮喪。

政史想要找光瑠商量。光瑠很快就要舉辦音樂會了，下次音樂會將在國際音樂堂舉行，是至今為止最大規模的音樂會，他希望到時候能夠有機會和光瑠談一談。

政史想起最近賴江也曾經提到音樂會的事，她問政史，是不是打算去參加音樂會。

「要去啊。」政史回答，然後觀察了媽媽的反應。

賴江露出難過的表情，但並沒有反對。政史解讀媽媽全身發出的光時，發現她好像在思考其他的事。到底有什麼事情占據了她的心？政史無法瞭解那麼多。

政史每天鬱鬱寡歡，有一天晚上，他不經意地看向窗外，在夜景遠方發現了難以置信的事。

他看到了以前曾經看過的那道光。

不，說「以前」並不恰當，因為政史至今仍然清楚地記得當時的事。他當然不可能忘記，因為那是他第一次發現光瑠發出的光。

這一次的光很弱，顏色的變化也很單調，但的確演奏出某種旋律，那是只有光瑠才能創造的光的旋律。

光瑠在那裡嗎？——他覺得不可能，但還是定睛細看。從光的距離和位置判斷，演奏者必定在那裡。

是第三小學的屋頂，那是最初演奏光樂的地點。

政史急忙換了衣服，偷偷溜出了家門。多久沒做這種事了？他覺得那一陣子是最快樂的時光。

這一陣子體力衰退，沒跑多久，就已經氣喘如牛，但他仍然拚命挪動雙腳。他的內心湧起另一種興奮，和第一次為尋求那道光而奔跑時不一樣。今天晚上，也是光瑠發出的光嗎？如果不是光瑠，到底是誰？

他終於來到小學。走進學校，毫不猶豫地衝上樓梯，然後打開樓梯室的門，當他來到屋頂時，忍不住倒吸了一口氣。

和那時候一樣——政史看到眼前的光景想道。

十幾個年輕人抱著膝蓋坐在那裡，在他們中央，有三顆光球以微妙的節奏閃爍、改變顏色。正在演奏的是——

政史懷疑自己看錯了。因為正在演奏的人是他也認識的小塚輝美。一年前，他們一起在這裡愛上了光瑠的光樂。

她也會演奏嗎？

政史對這件事感到嫉妒，但他感受到內心有一股更強烈的想法超越了這種嫉妒。輝美似乎察覺到政史的出現，她停止演奏，目不轉睛地看著他。

政史注視著輝美身體發出的光，而不是光樂器的光。她身上發出的光和他至今為止，在所有人身上看到的光有著根本的不同。她的光是完美的訊息。政史立刻理解了訊息的內容，可以說，他理解了輝美，同時也深信輝美也理解了自己。因為她必定也能夠看到自己身上發出的光。

政史一步一步走向輝美，他的內心感受到久違的平靜。就是這個。自己所渴求的東西就在這裡。

輝美站了起來，向後退了幾步，離開了光樂器。然後伸出手掌指向光樂器，好像在說：「請吧。」

政史點了點頭，在光樂器前坐了下來。深呼吸後，他按了鍵盤的一個鍵。藍光照亮了周圍，那是他向世界發出的第一道光。

22

光瑠的音樂會將在兩天後舉行。

相馬功一來到木津玲子的公寓，今天比平時更加積極，也許該說更加熱情。即將迎接重大的任務，每天的工作都很緊張，他試圖藉由和玲子溫存消除這份精神上的疲勞。玲子感受著他的第二次射精，突然很希望他真的是自己的男朋友。

但是，這種想法並沒有意義。因為功一目前正在和名叫大津聖子的單純而不起眼的女生上床。

「等這次音樂會結束後，要不要住在一起？」

功一在床上摟著玲子的肩膀，有點遲疑地問道。

玲子露出大津聖子的表情抬頭看著他。

「在這裡嗎？」

「不，這裡太小了。不瞞妳說，我打算搬出來住，我想租兩房一廳的房子，到時候妳願意搬來和我同住嗎？」

玲子把臉埋進他的腋下。她在思考該如何回答。

「妳不願意嗎？」

功一催促地問道。

「不是，」玲子抬起臉，「但是……該怎麼說，我覺得不太自然，雖然並不是在意他人的眼光。」

她的保守想法不像時下的年輕女生，功一有點不知所措。

「這個嘛，的確是這樣……那結婚就沒問題了？」

「結婚……也未免太早了，你不覺得嗎？」

「我……」功一有點賭氣地看著天花板，「我只是希望一直和妳在一起，難道妳沒有這種想法嗎？」

「我也一樣啊。」

「既然這樣……」

「等一下，你不要責怪我，我也有我需要面對的問題啊。有時候我媽會突然來找我，到時候我該怎麼辦？」

功一說不出話，覺得她說的話也有道理。

「既然這樣，」他說：「那就只能結婚了。」

「現在結婚太早了啊。」

「那還要等幾年？」

功一露出真誠的眼神問道，玲子移開視線，搖了搖頭。

「不知道，你覺得呢？」

「我也不知道。」

說完，他下了床，穿上內褲，開始穿衣服。

「你生氣了嗎？」玲子在床上問。

功一回頭看著她說：「我沒生氣。」然後對她笑了笑。

「妳好好想一下，到底等多久才不會太早。」

「對不起。」

「妳不需要向我道歉。」

功一開始穿鞋子，玲子用浴巾圍住身體走向他。功一溫柔地擁抱她，輕吻著她。「明天早上，我會來接妳。」

「嗯，我等你。」

功一輕輕揮了揮右手，打開門走了出去。玲子聽著他走下樓梯的腳步聲，發現自己內心產生了奇妙的情感。她知道其中的原因。因為功一剛才提到結婚這兩個字。她從來對結婚這件事沒有任何嚮往，也從來不認為和自己有關。正因為如此，她對這兩個字完全沒有免疫力。

玲子再度躺在床上，細細回味著功一說的每一句話。當她回想到功一說出「結婚」這兩個字時，內心無法平靜。並不是針對結婚，而是思考結婚這件事的狀況，讓她的心情無法平靜。因為至今為止，她從來不曾有過這樣的機會。

她的腦海中浮現出黑暗的回憶。

她母親的確還在老家。玲子的老家是面向日本海的一個小漁村，父親在她年幼時出海發生意外而死。父親的死亡保險金讓她們母女暫時能夠生活，但未來的生活沒有任何著落。這時，當地的一個地主接近她們母女。那個男人長得好像爬蟲類，總是伸出舌頭舔嘴唇。從某一段時間開始，他頻繁出入玲子家，也對玲子的母親直呼其名，甚至經常住在她們家。

「我討厭那個叔叔，我不希望他再來我們家。」

玲子曾經這麼拜託母親。

「這怎麼行？因為我們現在靠他過日子。」

母親一臉為難的表情說道。

地主和母親的關係持續了好幾年，在這段期間，玲子漸漸長大，那個地主看她的眼神當然也發生了變化。

高中二年級的某天晚上，玲子正在睡覺，突然有人鑽進她的被子。她正想大叫，一隻手捂住了她的嘴。那隻手上有涼菸的臭味，她立刻知道就是那個地主。男人的另一隻手伸進了她的睡衣。

玲子拚命掙扎，咬了捂住她嘴巴的那隻手。男人大叫一聲，鬆開了手。玲子趁機逃出被子，衝出了房間，尋找母親的身影。

玲子在回想當時的情況時，忍不住覺得讓她深受打擊的並不是受到那個男人的攻擊，而是之後的事。她的母親正在浴室，準備洗澡水讓那個男人洗澡。

「妳出賣妳女兒嗎？」

玲子怒不可遏地說，母親似乎想要說什麼，但被女兒的氣勢嚇到了，一屁股坐在地上。

雖然之後的行動很衝動，但即使事後回想起來，仍然覺得自己作出了正確的決定。她轉身走回客廳，打開碗櫃的抽屜，拿了裝生活費的信封。然後走回廚房拿了菜刀，再度走回自己的房間。地主摸著被咬的手，生氣地盤腿坐在那裡，一看到菜刀，慌忙逃了出去。玲子把菜刀刺在榻榻米上，從衣櫃裡拿出自己的衣服用力塞進行李袋，穿著睡衣，拎著行李袋走出房間時，看到男人和母親在客廳等她。

「妳要去哪裡？」母親露出害怕的眼神問道。

「妳少囉嗦。」玲子把菜刀對準他們，他們嚇得往後退，「如果你們敢來追我就試試看。」她留下這句話，走出家門，然後拔腿跑了起來。

玲子來到東京，打工養活自己。她出色的美貌彌補了她高中輟學的不利。如果運氣更好，她或許可以進入演藝圈或是時尚圈，但她的運氣沒那麼好，所以只能憑著自己的美貌在夜晚的世界闖蕩，但為了有朝一日能夠回到陽光下的世界，她白天就讀設計學校。因為她認為這是自己最後的抵抗。

她就是在那時候認識了那個自稱叫會津的男人。有一天，當她走出校門時，一輛高級進口車停在她旁邊。車窗打開，一個男人探出頭。

「妳上車，我有話要對妳說。」

玲子至今仍然不知道當時為什麼沒有不理他。難道是男人的聲音不容自己拒絕嗎？雖然這是原因之一，但不光是因為這個原因。那時候，她已經筋疲力竭，覺得自己快撐不下去了。

玲子上了男人的車子。這一步成為一切的開始，也許也是一切的結束。

隨著門鎖打開的聲音，門用力打開了。玲子終於回過神。

「他終於走了。」男人走了進來，盤腿坐在床上，「真不愧是年輕人，體力真好啊。」

玲子不發一語地穿上浴袍。今天晚上，她不希望男人看到她的身體。

「後天就要舉辦音樂會了，準備工作怎麼樣？」

「似乎很順利，門票也全都賣完了。」

「要妳拿的票有張羅到嗎？」

玲子從床上伸出手，拿了桌子上的皮包，從皮包裡拿出信封丟到男人面前。

「ＧＳ席，第二排最左邊的座位。」她說。

「旁邊就是通道嗎？」

男人從信封裡拿出門票，確認內容後問道。

「對，只要往前走，就可以走到舞台旁，那裡有可以走上舞台的階梯。」

「警衛呢？」

「舞台附近並沒有，只要動作夠快，應該不會受到阻擋。」

「白河光瑠都獨自在舞台上嗎？」

「對，演奏一個小時後休息二十分鐘，之後再演奏五十分鐘。演奏期間都是一個人。」

「很好。」

男人點了點頭，把門票放進西裝內側口袋後站了起來，「音樂會時，妳會在哪裡？」

「應該在後台。」

「盡可能遠離舞台。」

男人說完，準備離開。

「等一下。」玲子叫住他，「到底會發生什麼事？你們打算幹什麼？」

「後天就知道了。」

男人笑著打開了門。

23

您撥的號碼是空號，請查明後再撥。

無論撥了多少次，只聽到相同的語音應答。志野賴江握著電話，納悶地偏著頭。她重新看了手上的便條紙，但自己不可能撥錯號碼。那的確是「光樂危害對策研究會」的號碼，之前就是打這個電話接通的。

真傷腦筋，怎麼辦？——賴江看著時鐘，忍不住感到焦急。如果要去音樂會，現在就得開始做出門的準備。雖然她不太想去，但還是坐在梳妝台前開始化妝。

她想打電話去研究會拒絕今天的任務。她無法在眾目睽睽之下走上舞台，而且說實話，最近對光樂危害的事不再像以前那麼神經質了。因為觀察政史最近的樣子，發現似乎避免了最糟糕的情況。雖然政史仍然沉迷於光樂，但不會再亂發脾氣，對賴江的態度也很溫和。她不知道政史為什麼會有這樣的變化，只知道他的情況顯然有所改善了。

既然電話打不通，就只能先去會場了。之前約好要在入口處和研究會的人見面，領取對白河光瑠的抗議文。賴江決定到時候再拒絕。

她在開演前三十分鐘抵達國際音樂堂，剛好開場，人潮擁向正門。

賴江站在人潮不遠處，大隅友子不知道什麼時候出現了。她戴了一副淺色的墨鏡，所以賴江沒有立刻認出她。

「這是門票。」她遞過來一張紙，「第二排最左側的座位。」

「呃……」

「這就是抗議文。」

大隅友子拿出一個小紙袋，賴江接了過來，裡面似乎有一個像便當盒大小的盒子，而且拿在手上有點重。

「除了文字以外，還有一台小型錄音機。只要打開蓋子，就會自動朗讀抗議文，所以絕對不要輕易打開。」

「呃，大隅太太。」

賴江拿著紙袋，表達想要婉拒今天的任務。果然不出所料，大隅友子立刻面露兇相。

「事到如今，妳在說什麼啊？這不是妳一個人的事。」

「我知道，但要走上舞台太可怕了……」

「那妳要和我交換嗎？」大隅友子用冷漠的語氣說道：「我要在妳出示抗議文後，拿著擴音器從後方的逃生門闖進去，要求停止音樂會。妳想要做我的工作嗎？」

「不，我不……」

她不可能有膽量那麼做。

「志野太太，妳聽我說，」大隅友子用說服的口吻說：「我們為了今天，做好了周全的準備。好幾十個人都在等待這一刻，想要完成自己的使命，這全都是為了消滅光樂，所以不要事到臨頭，因為自己的孩子情況有所改善就想要放棄，這種自私的想法會影響大局。」

「我也知道，所以今天早上打了好幾次電話，一直都接不通。」

「電話？」大隅友子故意露出訝異的表情，然後點了點頭，「辦公室搬家了，沒有人通知妳嗎？搬家也是為了今天的行動。因為接下來會有訴訟之類的問題，我們會招募很多人採取大規模行動，所以，」她抓住賴江的肩膀，「請妳不要逃避，不要背叛我們，不要讓我們的努力化為泡影。」

聽到她這麼強烈的要求，賴江根本無法回答。現在臨時拒絕，她們的確很傷腦筋。

「好吧。」賴江低著頭說：「那我會做之前答應的事，但這是最後一次，可以嗎？」

「雖然妳現在離開，對我們是很大的損失，但也沒有辦法。」大隅友子鬆了一口氣，「那就麻煩妳按照原計畫進行，當白河光瑠走上舞台時，妳就要向他抗議。」

「我知道了。」

賴江回答後，大隅友子立刻匆匆離開，似乎擔心她再度改變心意。賴江重新拿好紙袋，確認門票後，走向正門。

走進正門後，大廳內擠滿了等待開演的人，空氣很悶熱。角落有提供輕食的區域，但所有的桌子都坐了人，到處都可以看到沒有座位的人站著吃三明治。

觀眾果然是以十幾歲和二十多歲的年輕人居多，但也有不少身穿西裝的中年男人，和盛裝打扮的年長女人。難道已經不只是年輕人沉迷於光樂而已嗎？

仔細一看，發現不時可以看到藝人的身影，但並不是特別出名的巨星，可能更有名的藝人或文化人士都在貴賓室等待開演。

光樂到底是什麼？賴江忍不住思考。她透過政史接觸了光樂，覺得那並不屬於藝術或是娛樂的範疇，應該和人類的本質有密切的關係，否則不可能在短時間內吸引那麼多人。

大廳內的人開始有了動靜。開演時間快到了，大家都走向各自的座位。賴江也看著自己的門票走了進去。

正如大隅友子所說，她的座位在第二排最左側，旁邊就是通道，是適合突如其來衝上舞台的最佳座位。之前從電視中看到，這場音樂會一票難求，她們怎麼買到這張票的？賴江感到納悶。

她看向舞台，發現舞台中央放了奇怪的機器，十二顆球好像時鐘一樣排列著。這是賴江第一次仔細打量光樂器，她覺得外形很奇特，但不知道哪裡具有吸引人心的力量。

觀眾陸續進場，會場的照明漸漸暗了下來。賴江用力握著腿上的紙袋。手心已經流滿了汗。

開演的鈴聲響起，會場內立刻鴉雀無聲。照明更暗了，最後變得一片漆黑。賴江忍不住著急，因為如果太暗，她無法採取行動，幸好幾秒鐘後，眼睛適應了黑暗，因為各道門上「逃生門」的文字發出亮光，所以可以隱約看清楚通道。

不一會兒，觀眾中響起了掌聲。賴江睜大了眼睛，卻完全看不清舞台上的情況，但坐在她旁邊的年輕女人說：

「光瑠今天也穿燕尾服，太帥了。」

賴江再度看向舞台，仍然看不到光瑠的身影。難道是光樂的樂迷對光特別敏感嗎？

不一會兒，音樂響起，十二顆球也同時亮了起來，賴江終於看到了正在演奏樂曲的光瑠。可能有不少人和她一樣現在才終於看到，所以再度響起稀稀落落的掌聲。

必須趕快上去——

她感到畏縮，但想到大隅友子和其他人正在等待自己採取行動，就知道不能一直坐在這裡。

賴江站了起來，不敢抬頭看向舞台，沿著通道一步、一步向前走。因為四周一片黑暗，而且觀眾都凝視著舞台，所以並沒有人察覺她的行動。

賴江走上舞台旁的階梯。

這時，她感受到周圍的空氣發生了變化，有人衝了過來。她加快步伐。當她回過神時，發現自己已經站在舞台上。

白河光瑠也發現了，他在演奏的同時看向賴江。

這時，舞台旁有人衝了出來。賴江拿著紙袋，衝到光瑠面前。

光瑠訝異地看了她一眼，視線立刻飄向遠處，然後立刻臉色大變。

「危險，不要過來！」

他對著準備過來攔下賴江的人大叫。

危險？

這是怎麼回事——賴江看向手上的紙袋，隨著爆炸的聲音，眼前一片白光。

24

相馬功一不知道發生了什麼事。光瑠的音樂會開始後，有一個女人從觀眾席走上舞台，他從舞台旁衝了出來，想要攔住那個女人。

危險，不要過來——聽到光瑠的大叫聲，功一立刻蹲了下來，隨即聽到巨大的聲音，身體也感受到衝擊。

當他回過神時，發現自己倒在舞台上。他慌忙抬起頭，看到破裂的白色燈泡掉落在眼前。那是光樂器所使用的彩燈，樂器的上半部分被炸毀，冒著黑煙，舞台上燒了起來，觀眾席也有一部分燒了起來。

舞台和觀眾席之間，有一具女人的屍體好像壞掉的人偶一樣躺在那裡。下半身保持了完整的形狀，胸部上方已經面目全非，一片焦黑，冒著煙。

零點幾秒的沉默後，整個會場陷入了恐慌。數千名觀眾全都站了起來，隨即發出慘叫聲，想要逃離會場。尤其是位在舞台附近觀眾席上的觀眾，幾乎全都擠向了逃生門。

「工作人員趕快疏散觀眾，在幹什麼啊？」

廣播中傳來一個男人怒氣沖沖的聲音，這個聲音讓觀眾更加驚慌，到處可以聽到女生哭喊的聲音。

就在這時，舞台的簾幕燒了起來。巨大的火苗更增加了觀眾的恐懼。

「各位觀眾，請不要驚慌。目前雖然已經發生了火災，但只要各位保持冷靜行動就沒有問題。請各位保持冷靜。」

廣播的聲音充滿緊張，根本無法讓觀眾冷靜下來。當初雇用了那麼多警衛，現在完全都看不到人影，搞不好他們比別人更快逃走。

功一再度看向光樂器，發現有人倒在樂器後方。看到黑色的燕尾服，他知道是光瑠。

「光瑠。」

功一站起來跑了過去。光瑠趴在地上，雙手和雙腳縮了起來，背上有很多玻璃碎片。

「光瑠，你沒事吧？」

功一想要拉著他的肩膀扶他起來，但光瑠痛苦地發出呻吟。

「大腿……有什麼東西插在我的右腿上。」

「大腿？」

功一轉頭一看，一根直徑一公分左右的金屬棒刺在他的腿上。那似乎是樂器的零件。「對，有東西插在腿上。」

「幫我拔出來。」

「好。」

功一抓住金屬棒，用盡全身的力氣用力拔。光瑠發出好像野獸般的叫聲，好不容易拔出來的金屬棒被光瑠的鮮血染紅了。

「你可以站起來嗎？」

「你扶著我，應該可以。」

功一把光瑠的右手臂放在自己的肩上，想要扶他起來，但光瑠似乎並不是只有右腿受傷，只要身體稍微動一下，就感到痛苦不已。

然而，下一剎那，光瑠的身體突然變輕了。功一轉頭一看，原來是宇野哲也從另一側支撐著光瑠的身體。

「功一，你有沒有受傷？」哲也大聲問道。因為周圍很吵，如果不這麼大聲說話，根本聽不到聲音。「沒有。」功一也大聲回答。

「各位觀眾，請不要驚慌，請聽從附近工作人員的指揮。」

廣播內不斷傳來懇求的聲音，但觀眾根本充耳不聞，逃生門附近仍然陷入一片恐慌。

「喂，那不是政史嗎？」

走到一半時，哲也回頭看著後方說道。功一也轉過頭，看到政史在舞台前方搖搖晃晃地走來走去。

「他在幹嘛？」功一說：「他在那裡磨磨蹭蹭，會來不及疏散啊。」

渾身無力的光瑠小聲地說：

「那是……他媽媽。」

「啊？」

「沒錯。」哲也也說，「我就在想，好像在哪裡見過她，的確是政史的老媽。」

「為什麼政史的老媽？……」

「現在不是思考這個問題的時候，先趕快離開這裡。」

他們從舞台走去後台後，工作人員正忙著搬運物品。功一他們也跟著從後門逃了出來。

「趕快叫救護車。」

走出後門，哲也立刻叫了起來，大津聖子從人群中走過來說：

「已經叫了，馬上就會到了。」

「聖子，妳沒受傷吧？」

「我沒事，先讓光瑠躺下來。」

廂型車後方的門打開了，後車廂鋪著毛毯，他們讓光瑠躺在上面。

「功一。」光瑠叫著他。

「什麼事？」

「輝美有沒有在這裡？」

「輝妹妹？」功一巡視四周，沒有看到小塚輝美的身影，「不在這裡，可能和其他觀眾一起從正門離開了。」

「是喔……」

「怎麼了？如果有什麼話要轉達給她，你可以先告訴我。」

「不，」他搖了搖頭，「很難用語言表達清楚。」

「很難用語言？」

這時，消防車趕到了，身穿消防衣的消防員衝進建築物，建築物的窗戶不斷冒著煙。

救護車也接著趕到了，救護員把光瑠放在擔架上抬走了。

「光瑠！」佐分利撥開人群擠了過來，跑到擔架旁，「喂，光瑠，你沒事吧？」

「我沒事，佐分利先生，請你去找一個名叫小塚輝美的女生，她應該會演奏光樂。萬一有什麼狀況，可以請她代替我演奏，然後請務必保護她。」

「啊？什麼意思？」

但是，光瑠被抬進了救護車，佐分利回頭對著功一他們大叫：「喂，誰要一起去？」

「我去。」

功一說完，跳上了救護車。

25

音樂會時，小塚輝美坐在第二排，所以她清楚地看到了政史的媽媽走上舞台，以及她遞給光瑠的包裹爆炸的整個過程。

這些事完全超乎她的想像，好像一切都發生在夢中，尤其是政史的媽媽身體被炸飛的樣子，簡直就是惡夢。

她只能隨著陷入恐慌的人群一起離開，一旦逆著人潮走，很可能會被推倒、踩踏，事實上輝美後方有幾十名觀眾像骨牌一樣倒在地上。

輝美總算順利逃離了會場，但她很擔心光瑠的情況。因為炸彈就在他旁邊爆炸，光瑠不可能沒有受傷。

比起肉體的疲勞，精神的疲勞更嚴重，輝美搖搖晃晃回到家中。她的父母從新聞快報中得知了這起事件，看到她平安回家，忍不住喜極而泣。

那天深夜，輝美發燒到三十八度三。她作了好幾次夢，每次都夢到爆炸就在她面前發生，她就掙扎著醒來，每次都滿身大汗。

光瑠不知道出現在第幾次夢中，他笑向輝美招手。她急忙跑過去，卻怎麼也跑不到他面前。

翌日是星期天，她的燒退了，身體也沒有不舒服。她坐在餐桌旁看報紙，報紙頭版報導了昨天的事件。

目前已經查明，走上舞台的女人是志野賴江。報紙上說，是她的兒子自報了姓名。輝美想起昨天晚上，政史也坐在附近。

但是，警方仍然無法得知她為什麼這麼做。報導中提到，普通的家庭主婦不可能持有那種爆裂物，懷疑背後可能有什麼組織，但警方的發言人堅稱偵查不公開。

當時——輝美回想起志野賴江走上舞台時的情況，如果她對光瑠有殺機，渾身應該充滿邪惡的光，但當時她發出的光只顯示她精神十分緊張，正因為這樣，所以光瑠在爆炸之前也沒有提高警覺。

志野賴江並不想殺害光瑠，她甚至不知道自己手上的是爆裂物——這是輝美的推理。

她想要把自己的推理告訴別人，但到底該告訴誰？如何才能使別人相信，自己有能力解讀別人的精神狀態？

輝美正在為這件事煩惱時，宇野哲也來找她。

「可不可以跟我走一趟？」他站在玄關對輝美說：「這是光瑠的指示。」

「光瑠怎麼了？」

「他雖然受了傷，但沒有問題，目前人在醫院。」

「啊，太好了，沒問題，等我一下。」

輝美回到房間，帶著裝了分解後的光樂器的紙箱走了出去，哲也問她那是什麼，她告訴哲也紙箱內裝了什麼，他大感驚訝後說：「光瑠果然沒說錯。」

「光瑠說了什麼？」

「詳細情況路上再說。」

停在公寓外的並不是哲也的機車，而是轎車。輝美問哲也是怎麼回事，哲也說：「輝妹妹，妳現在是我們的貴賓。」

「貴賓？」

「如果有什麼意外，可能需要妳代替光瑠演奏。」

哲也把光瑠被送上救護車前說的話告訴了輝美。

「我不可能代替光瑠，因為我才剛學會使用這個小樂器而已。」

「別這麼說，妳一定要協助我們。難得光樂已經推廣到這種程度了，不希望只是一時的流行而已，目前除了光瑠以外，只有妳會演奏光樂。」

「啊，不對，」坐在副駕駛座上的輝美看著哲也說：「還有另一個人。」

「還有另一個人？誰啊？我認識的人嗎？」

「你認識啊，因為就是志野啊。」

「政史？政史會演奏光樂……真的嗎？」

「真的啊。」

輝美告訴他，自己曾經在第三小學的屋頂上像光瑠那樣演奏，然後政史出現了，也演奏了光樂。

「太驚訝了。」

哲也搖了搖頭。

輝美被帶到一棟她從來沒看過的豪華大廈，站在樓下往上看，整棟大樓閃閃發亮，好像外牆都是鏡子。光瑠的房間就在十樓，但光瑠並不在，幾個年輕男女在偌大的客廳內忙碌地走來走去。

一個體格很壯的中年男人坐在角落的沙發上，輝美覺得他很像外國電影中的黑道老大。輝美解讀了他的精神狀態，發現他全身發出焦躁的光。

「佐分利先生，她是小塚輝美。」哲也把輝美介紹給他，「我們都叫她輝妹妹。輝妹妹，這位是光瑠音樂會的主辦人佐分利先生。」

「你好。」她向佐分利打招呼，佐分利露出溫厚的笑容，沒有表現出內心的焦慮。

「宇野有沒有把情況告訴妳了？」

「我聽說了，但我還不是很會演奏……」

「但妳會演奏，對嗎？」

「會一點。」

「太好了。」

「這是她的樂器。」哲也指著地上的紙箱說，「那是光瑠送她的。」

「那就夠了，一和零之間的差別遠遠大於一和一百萬。」

「而且聽輝妹妹說，還有另一個人會演奏。」

哲也說出志野政史的名字後，佐分利皺起眉頭，露出兇惡的表情。

「那個女人的兒子嗎？真讓人不開心，我不認為他和我們站在一起。」

「志野應該不是敵人，而且我覺得志野的媽媽也不是想殺光瑠。」

不知道是不是因為輝美說話的語氣很堅定，佐分利露出驚訝的表情，和哲也互看了一眼。

「妳為什麼這麼覺得？」哲也問。

「也許你們不相信……」

輝美告訴他們，自己可以看到別人身體發出的光，可以藉由這些光推測當事人的精神狀態。她原本以為會遭到嘲笑，沒想到他們仍然帶著嚴肅的表情。

「哲也，」佐分利說：「你不是也說這一陣子會看到奇怪的東西嗎？」

「對啊，我只是有時候可以看到。我問了光瑠，他說這是受到光樂的影響，不必擔心，只是我並不知道那些光代表什麼意義。」

「所以說，不久之後，你可能也會像輝美一樣。」

「啊？是嗎？」

哲也偏著頭，似乎半信半疑。

「總之，妳憑這種能力觀察後，認為志野賴江並不想殺光瑠？」

「對。」輝美回答說。

「是喔。」佐分利換了另一隻腳蹺著二郎腿，用手摸著下巴。

「我原本就不認為是那個女人單獨行動，所以是遭人利用嗎？」

「有可疑的對象嗎？」哲也問。

「太多了，」佐分利回答：「黑道、右翼團體、宗教團體──反正有數不清的敵人。」

這時，剛才在客廳忙碌的一個年輕男人走了過來。

「那個女人座位的門票是給出版社的公關票。」
「哪一家出版社？」
「××出版。」
「打電話去問了嗎？」
「對，但他們的回答很奇怪，對方說只拿到四張票，但這裡的紀錄顯示是五張票。」
「什麼？」佐分利皺起眉頭，「知道那四張票給了誰嗎？」
「對，交給了公司的四名員工，都是年輕員工，當天都是本人去聽音樂會。」
「知道是誰負責那些門票嗎？」
「這個嘛，」年輕男人看向後方，「好像不是目前在這裡的人。」
「目前不在這裡，又能夠負責門票發行的人是誰？」
「功一嗎？」哲也小聲地說：「還有……聖子。」
聖子——輝美猜想，會不會就是那個女人？功一愛上的那個女人？
「功一在醫院吧？聖子在哪裡？為什麼不在這裡？」
「我打電話去她家看看。」
哲也拿起旁邊的電話，佐分利用指尖敲打自已的膝蓋，輝美可以明顯感受到他的浮躁。

剛才在打電話的哲也露出茫然的眼神看著佐分利。

「聖子搬家了，她的電話打不通……」

26

功一握緊了手機，只說了一句：「怎麼可能……」然後就說不出話了。聖子怎麼可能是叛徒，絕對不可能。

「我目前正在聖子之前住的公寓，」電話另一頭的哲也說：「我向管理員說明了情況，請他開了門。房間裡什麼都沒有，已經人去樓空了。聽管理員說，她昨天搬走了。」

「搬去哪裡？」

「不知道。留給管理員的是假電話，目前正派人去區公所調查戶籍謄本，但我不認為她會如實登記，大津聖子的名字應該也是假的。」

「但是……假名字怎麼可能租房子？那棟公寓並不算太差。」

「雖然我不知道租房子的時候需要哪些資料，但只要有錢，什麼事都很好搞定，反正現在已經派人去查了。」

「難以相信，聖子……絕對不可能，一定是搞錯了。」

「我也希望是如此，但證據擺在眼前，不得不承認啊。總之，你留在光瑠身邊，如果有新的情況，我會打電話通知你。雖然我猜想不可能，萬一聖子聯絡你，立刻通知我，知道了嗎？」

「知道了。」功一回答。

掛上電話後，功一腦筋仍然一片混亂。第一次遇見聖子的那天，她躲在車庫害怕的樣子，是她裝出來的嗎？

「是聖子的事嗎？」躺在床上的光瑠問道，功一緩緩轉頭看著他，光瑠又問他：「果然和她有關嗎？」

「果然？」功一瞪大了眼睛，「光瑠……你之前就發現聖子有問題嗎？」

「隱約而已。」

「從什麼時候開始？」

「這個嘛，」光瑠嘆了一口氣，「你第一次介紹她給我認識的時候。」

「你怎麼會知道？」

「解釋起來很麻煩……用一句話來說，就是她身上散發出陰謀的光。我可以看到那些光。」

功一吐了一口氣。

「也許真的有這種事，你什麼都可以做到，但既然這樣，為什麼不告訴我？你每次都這樣，什麼都不告訴我們，只有自己瞭解狀況。我知道你是天才，把你的想法告訴我們這些平凡人或許是浪費時間，但這次的事未免太過分了。既然聖子是壞女人，你早說的話……就不至於發生這次的事了。」

功一從中途開始一口氣說完，坐在鐵管椅上抱著腦袋。

「而且，」光瑠接著說了下去，「如果早說的話，就不會傷害到你了，你說得對，這次是我看走了眼。」

功一抬起頭，和頭上綁著繃帶的光瑠互看著。

「雖然她很明顯是間諜，但我以為順利的話，可以讓她成為我方的戰力，所以才沒有說，只要別在她面前說重要的事就好。我之所以隱瞞了輝美有演奏光樂的能力這件事，也是擔心她會透露給敵人。」

「聖子可以成為戰力？」

「嗯，我以為她可以成為雙面間諜。你現在知道她說的話都是謊言，可能對她感到失望，但她真的喜歡你，就好像你現在仍然喜歡她一樣。」

「我被她利用了，她只是假裝喜歡我。」

「起初也許是這樣，但之後慢慢真心喜歡你，我非常清楚這一點，她比她自己所感受到的更深受你的吸引，問題在於她什麼時候會意識到這件事，沒想到敵方的作戰更早採取了行動。我猜想她在執行的時候曾經猶豫過。總之，是我太天真了，我看走眼了。」

「如果真是這樣，你也應該早點告訴我啊，也許我可以說服她。」

但是，光瑠搖了搖頭。

「如果你說服她，她就改變心意，就代表也可能被敵人說服，所以只能等待。」

光瑠又低聲說了一次：「我看走眼了。」

「聖子目前人在哪裡？」功一忍不住問。

「這個世界上應該已經沒有大津聖子這個人了。」光瑠回答。

晚上十點，功一躺在簡易床上。光瑠在旁邊的病床上發出有規律的鼻息。他全身包著繃帶，讓人看了於心不忍，晚餐後，護士注射的針劑可能發揮了作用。

功一蓋上毛毯，閉上了眼睛。眼瞼中還是浮現出聖子的身影。宇野哲也在傍晚又打來電話說，她並沒有去登記戶籍，租房子時用的資料全都是偽造的。

即使如此，功一仍然無法憎恨聖子。也許是因為光瑠對他說了那些話的關係，但他覺得即使光瑠沒有說那些話，自己也不會恨她。因為和她共度的時光實在太美好了，即使現在回想起來，仍然可以斷言，那是他人生中最美好的時光，即使一切都是經過精心設計。

他在想這些事時，似乎睡著了，但聽到動靜後醒了過來。他轉動眼珠子，觀察周圍的情況。

病房的門打開了，兩個身穿白袍的男人探頭看著光瑠的情況。

他們是誰？功一心想。

兩個男人相互點了點頭，開始搬運光瑠的身體。其中一人看向功一，他立刻閉上了眼睛。

那兩個男人似乎走出病房，接著聽到滾輪在地上滾動的聲音。功一從床上跳了起來，把門打開一條縫向外張望。兩個男人正推著推床進電梯。

功一走出病房，跑到電梯前。這裡是三樓，電梯正在下樓。他沿著旁邊的電梯衝下樓。

來到一樓後，他巡視著走廊，剛好看到剛才那兩個男人推著推床。功一小心翼翼地跟在他們身後，避免被他們察覺。

他們從逃生門前往後方的停車場，那裡停了一輛救護車。他們把光瑠搬進救護車。

他們想把光瑠帶走——功一想要大叫，但好不容易忍住了。如果他們是敵人，搞不好手上有武器。

功一立刻巡視周圍，納悶警察去了哪裡？因為有人想要對光瑠不利，所以功一聽說有警察守在醫院，但現在根本看不到警察的影子。

那兩個人上了救護車後，救護車緩緩出發了。功一等救護車駛離停車場後立刻衝了出去，騎上今天早上騎來這裡的機車。

來到大馬路上，很快就看到那輛救護車。因為救護車閃著紅燈。

功一保持適當的距離跟在後方，一路跟著救護車來到郊區。

大約三十多分鐘後，救護車駛上一個小山丘。功一沿著這條路繼續跟蹤，努力避免靠太近。

不一會兒，前方出現一棟巨大的白色建築物，救護車駛了進去。功一在稍遠處下了機車，徒步走向建築物。大門的地方有像是警衛的男人，他爬上鐵網，偷偷溜了進去。

剛才那輛救護車停在建築物的正門，兩個男人把光瑠推進建築物內，一個有點矮的中年男人看著他們。

功一躲在樹後，拿出手機，但越是緊要關頭，手機偏偏沒電了。他咂了一下舌，把手機放回口袋，觀察著周圍的動靜，走向建築物。

當他繞到後方時，發現一排窗戶中，有一個敞開著，而且亮著燈。功一走到那扇窗戶下方，想要向窗戶內張望，但先聽到了說話聲。

「沒有被人發現吧？」

一個像是老人的聲音問道。

「應該沒問題，即使被看到了，既然已經運來這裡，之後就不會有太大的問題。」

回答的聲音比較年輕，功一猜想是剛才在外面看到的中年人。

「麻醉還有效嗎？」

「應該還可以持續八個小時，手術是什麼時候？」

手術？功一倒吸了一口氣。

「先不急，這是世界上獨一無二的樣本，要利用這個機會多蒐集各種數據資料，同時還要分析光樂。」

「但上面希望趕快進行腦部手術……」

腦部手術！

「上面是誰啊？我們並沒有上面，我們就是我們，只協助他們而已，他們沒資格對我們下指導棋。」

「好，但要跟他們說，手術在什麼時候進行？」

「就說會在一個星期內進行，因為拖太久，的確會有危險。」

大事不妙了，必須趕快通知──功一彎下身體，準備沿著來路回去。

但是，一個黑影出現在眼前。剛才穿著白袍的那兩個男人已經換上了黑色工作服，低頭看著功一。

27

在音樂會發生爆炸意外兩天後的星期一，輝美去學校時，聽到同學都在談論那起意外的事，得知輝美當時也在場，他們立刻問她一大堆問題。

「因為我只顧逃命，所以記不太清楚了。」

她對每個人的發問都這麼回答，這句話也有一半是事實。

輝美今天早上也看了報紙，爆炸事件調查工作的進展似乎不太順利。雖然志野賴江不可能獨立犯案，但目前並沒有查到背後有任何組織或是共犯。

志野賴江的熟人都一致認為，她最近有點不太對勁，好像在為什麼事煩惱，也很浮躁，有人認為和她的獨生子有關，因為賴江曾經告訴他們：「我兒子沉迷光樂。」

志野賴江的獨生子，也就是政史，目前下落不明，警方認為他受到了重大打擊，所以衝動地離家出走了。

輝美想到他的心情，就感到極度難過。如果自己親眼目睹媽媽被炸死，可能會發瘋。

雖然她很擔心政史，但也很擔心光瑠。聽說目前並沒有生命危險，但需要休養很長一段時間，才能夠演奏光樂嗎？

也許需要妳代替光瑠——昨天，那個叫佐分利的男人這麼說，宇野哲也對她也充滿期待，但輝美還沒有自信，覺得自己根本不可能取代光瑠。

這天放學後，輝美和兩個同學一起走回家，一輛黑色機車突然出現在面前。是宇野哲也。

「出事了，妳跟我來。」

宇野說完，就把安全帽丟了過來。

「出了什麼事？」

「不能在這裡說。」他回答。

輝美全神貫注地解讀哲也的精神狀態，他全身發出代表焦慮、不安和憤怒的光。輝美立刻知道，一定是光瑠出了什麼事。

「好，那我跟你走。」

她對同學說了聲：「我有事先走一步。」戴上安全帽，跨坐在哲也身後。她的同學看傻了眼。

「我要衝囉。」

哲也話音剛落，機車就衝了出去，輝美水手服的裙子掀了起來。

他們在那棟大廈公寓的停車場下了車，哲也拿下安全帽後，輝美發現他的神情從來沒有這麼嚴肅過。

「光瑠……消失了。」

搭電梯去十樓時，哲也小聲地說。

「消失了？消失是什麼意思？」

輝美察覺到自己的臉頰僵住了，心跳也不由得加速。

「他昨天晚上從醫院失蹤了。」

「為什麼？」

「我也想問啊，目前完全不知道是怎麼回事。今天早上接到醫院的電話，說病人不見了。我們慌忙趕了過去，在周圍尋找，但都找不到人。不光是光瑠，就連功一那傢伙也不見了。」

「連功一也……」

他們去了哪裡？輝美忍不住思考起來。應該不可能是功一把光瑠帶去別的地方。

電梯停了下來，門打開了，他們急忙走去房間。

室內和昨天一樣，很多人都忙進忙出。佐分利也和昨天一樣，蹺著腳坐在角落的沙發上，只是他比昨天更加焦慮。

「佐分利先生，我把輝妹妹帶來了。」

哲也說，但佐分利沒有像昨天一樣露出笑容，看了她一眼後點了點頭，命令哲也說：「帶她去隔壁房間，然後聯絡她家裡人，說她會暫時住在這裡，不必擔心。

別忘了聯絡學校，為她辦理休學手續。」

「好。」

「請等一下，這樣會造成我的困擾。」輝美看了看佐分利，又看著哲也，「雖然我答應可以代替光瑠，但我並不知道要離開家住在這裡，而且還要休學……」

「這是為妳著想，」佐分利以壓抑感情的公事化語氣說道：「至於理由，宇野會向妳詳細說分明，總之，目前就按我說的去做。」

「但我連衣服也沒帶……」

佐分利聽到輝美這麼說，舉起右手，打了一個響指。一個身穿黑色套裝的年輕女人站在他身旁。

「妳和適當的店家聯絡，讓他送一些適合輝美的衣服來這裡。如果不知道如何判斷，就讓他們把店裡的衣服全拿過來。十萬火急。」

「好。」女人說完，轉身離開了，佐分利看著輝美問：「還有其他要求嗎？」

輝美站在那裡，搖了搖頭說：「沒有了……」

「那就不好意思，請妳去隔壁房間休息，我還要忙著尋找光瑠的下落。」

佐分利伸手指著隔壁房間。

那個房間原本是光瑠的臥室，但即使放了雙人床，還有空間可以放兩張乒乓球台。輝美穿著水手服，在床上坐了下來。

「佐分利先生知道光瑠在哪裡嗎？」

輝美問哲也，他搖了搖頭。

「他認為光瑠並不是自己消失的，而是被人綁架，我也這麼認為。」

「綁架……被誰綁架？」

「不知道，但應該就是上次設置炸彈的同一票人。」

「他們想要殺害光瑠嗎？」

輝美在說話時，聲音忍不住顫抖。

「不知道，但目前認為應該不太可能。如果目的是殺他，根本不需要綁架他。不過，這只是我們樂觀的預測。」

「如果目的不是為了殺他，那為什麼要綁架他？」

「問題就在這裡。」哲也說，「最有可能就是綁架勒索，但到目前為止，並沒有接到歹徒的聯絡。」

「有沒有報警？」

「雖然已經報警，」哲也輕輕嘆了一口氣，「佐分利先生完全不相信警察，只是擔心事後被發現沒有報警會不太妙，目前刑警應該已經去光瑠家裡了。」

輝美想起之前去光瑠家拿光樂器時，曾經見到光瑠的母親。得知光瑠受了傷，而且被人從醫院綁架，她一定極度擔心。

「但是……我為什麼留在這裡？」

輝美抬眼看著哲也。

「佐分利先生推測，歹徒的目的是想要消滅光樂，所以，能夠演奏光樂的妳也可能成為敵人攻擊的目標。況且，光瑠也指示要保護妳。」

「下一個被綁架的可能是我嗎？」

「不能說沒有這種危險性。」

聽到哲也的話，輝美感到背脊發涼。

「但是，歹徒知道我會演奏這件事嗎？」

「很難說，但目前不知道哪裡有間諜，更何況有大津聖子的前例。」

「喔，那個人……」

想到那個女人，輝美內心湧起淡淡的苦澀。因為她忍不住想起了相馬功一。功一知道聖子是間諜嗎？不知道他瞭解這件事之後會怎麼想？喜歡聖子的心情會改變嗎？

「功一也遭到綁架了嗎？」

「應該是，雖然對歹徒來說，功一並沒有利用價值，可能只是擔心他通知別人，所以順便把他一起帶走了。」

「是喔……」

希望他平安無事。輝美真心為他祈禱。

「我把妳帶來這裡，」哲也說：「不光是因為佐分利先生這麼指示，其實還有另一個原因。」

「什麼原因？」

「這只是我個人的意見，因為我覺得妳可能知道光瑠在哪裡。」

「為什麼？」

「如果光瑠平安無事，一定會設法求救。他會用什麼方法？我猜想一定會使用光，會用光求救，到時候就必須有人能夠解讀其中的訊息，所以需要妳。」

「我沒辦法解讀啊。」

輝美緊緊握著自己的膝蓋，搖了搖頭。

「不，妳有能力做到，一定可以做到。妳要相信自己。」

哲也用堅定的語氣說完這句話時，響起了敲門聲。身穿黑色套裝的那個女人探頭進來說：

「精品店的人來了。輝美，請妳來挑選喜歡的衣服。」

28

他在刺眼的光線中醒來，皺著眉頭想要坐起來，後腦勺一陣劇痛，全身無力。

他忍不住發出呻吟。

「不要太勉強了。」

身旁傳來一個聲音。

相馬功一轉頭看向那個方向，看到光瑠靠著牆壁坐在那裡。啊，對了，這裡是醫院。他才浮現這個念頭，隨即感到不對勁，記憶終於甦醒了。

有人綁架光瑠，自己一路追到山上的這棟建築物，結果被這裡的人發現，擊中後腦後昏了過去。

功一摸著疼痛的後腦勺，慢慢坐了起來。這才發現自己也在床上。

「我來這裡多久了？」

「我醒來的時候，你就已經躺在這裡了。」

「你醒來的時候？」

「這個房間沒有時鐘，所以不知道正確的時間，大約五、六個小時之前吧，你睡了很久。」

光瑠露出微笑。

「光瑠，出事了，你知道自己為什麼會在這裡嗎？」

「我不瞭解詳細的情況，」光瑠一臉嚴肅，「應該是有人在半夜把我偷偷帶來這裡，對嗎？」

「對啊，我追了過來，結果被發現了，說起來真丟臉。」

「這裡是哪裡？」

「我不知道地名，但大約是市區西北方向二十公里的地方。我原本想聯絡佐分利先生，沒想到手機竟然在緊要關頭沒電了。」

說完，他摸著口袋，發現手機不見了。

「是喔。」光瑠抱著雙臂，「爆炸事件發現才不到兩天，敵人就已經採取下一步行動了。不過，攻擊的時候必須連續出擊，這是作戰的關鍵。」

「光瑠，我有事想要問你，」功一在床上盤著腿，轉身面對光瑠，「你從昨天開始，就不時提到『敵人』，也說聖子……大津聖子是間諜，你知道敵人是誰嗎？你知道是誰在音樂會上引爆，又把我們綁架、監禁在這裡嗎？」

光瑠一度移開視線，看著窗外，但窗戶上裝了磨砂玻璃，根本看不到外面的風景。

「我知道有敵人。」

光瑠幽幽地說。

「從什麼時候開始？」功一問。

「不知道，我忘了從什麼時候開始。」光瑠聳了聳肩，「只記得很久以前。」

「是誰？」功一問，「敵人做這些事，幕後黑手到底是誰？」

「幕後黑手？」光瑠露出驚訝的表情，「你是說主謀嗎？」
「是啊，當然啊。」
「嗯。」光瑠把雙手抱在腦後，微微偏著頭，「我沒辦法明確知道眼前的主謀是誰。雖然大致可以掌握，只不過思考這些事並沒有意義。因為在這件事上，所謂的主謀只是權宜的說法。」
光瑠的話令功一有點混亂。
「眼前的主謀？敵人的主謀一直在變嗎？」
「應該是。」光瑠說。
「你之前說，敵人從很早之前就出現了，具體來說，是多久之前？」
「這個問題真不好回答，」光瑠說，「因為如果要追溯，可以追溯到很久之前。說得極端一點，在地球上有生命誕生的同時，敵人就誕生了。」
「啊？」功一張大嘴巴愣在那裡，「什麼意思？」
「你有沒有聽過達爾文進化論？」
「進化論？」光瑠突然提到這個莫名其妙的字眼，功一有點搞不清楚狀況，「曾經聽過，就是為什麼長頸鹿的脖子那麼長之類的……」
「沒錯。假設有很多長頸鹿，當時的長頸鹿脖子有長有短，牠們都靠吃樹葉維生。之後長頸鹿越來越多，樹葉越來越少，有的長頸鹿餓死了，活下來的是那些可以吃到高處樹葉的長頸鹿。這些活下來的長頸鹿相互交配，牠們生下的小長頸鹿脖子也很長，於是，就只剩下長脖子的長頸鹿。」

「聽說大象的鼻子這麼長，也可以用這種方式解釋。」

「基本上所有的動物都可以藉此說明，雖然目前有很多學說對這個進化論提出了質疑，但基本上和我們要討論的事沒有關係，所以姑且不提。」光瑠躺了下來，把右臂當成枕頭，「通常進化需要漫長的時間進行，以長頸鹿為例，脖子長度應該並沒有太大的差異，只是些微的差異，經過數千年、數萬年的累積，就變成了巨大差異，但在進化的過程中，脖子比平均水準短一公分的長頸鹿，就會對比平均水準長一公分的長頸鹿產生嫉妒。」

「對不起，這樣聽起來好像在催促你，這和這次的事情有什麼關係？」

「你聽我說下去。在生物的世界，有時候會發生突變，有時候會一下子完成原本需要漫長的歲月才能完成的進化。比方說，雖然長頸鹿的脖子長度各有差異，但長度大致相同，結果有一天，突然出現一頭脖子長度遠遠超出平均水準的長頸鹿，你認為那頭長頸鹿會受到其他長頸鹿怎樣的對待？」

「必定會遭到嫉妒吧？」

「是啊。」光瑠點了點頭，「一定會遭到嫉妒、遭到憎恨。對舊種來說，承認新種的存在就代表自己將走向滅亡。」

功一聽到這裡，恍然大悟。

「我知道你說的敵人是誰了，就是那些舊種。」

「雖然我不太喜歡這種說法，但用這種方式譬喻，比較容易理解。」光瑠再度坐了起來，「我差不多在三歲左右注意到自己的特殊性，起初對別人對於顏色的感覺很粗略感到不可思議，漸漸發現別人缺乏像我這種辨別色彩微妙差異的能力。之後又發現不光是顏色，別人也無法看到我能夠看到的東西。」

「是什麼？」

「光。」光瑠回答，「每個人全身都發出光芒，我能夠看到那些光，而且還可以根據那些光，瞭解有關當事人的相關資訊。」

功一想起光瑠之前曾經說，大津聖子身上發出陰謀的光。

「也可以解讀人心嗎？」

功一有點警戒地問道。

「如果當事人願意被人瞭解的話，」光瑠回答說：「你現在是不是很警戒？不想被人看透心思，於是，你的身體就不會發出關於思考的光。這件事很有意思，即使是普通人，也可以在無意識中控制自己身體發出的光。」

功一看著自己的手，但當然看不到任何東西。

「這和心電感應不一樣嗎？」

「心電感應不是精神感應嗎？所以，即使相隔遙遠，也可以感受到對方的想法，但我必須看到對方身體發出的光才能瞭解，而且當事人如果不敞開心房，就無法解讀，也因此可以保護個人的隱私，不想被人知道的事情可以隱瞞，也不會被人知道。」

「所以，這和語言相同嗎？」

「就是這樣。」光瑠笑了起來，「通常人和人之間用語言進行溝通，語言就是聲音，從嘴巴發出聲音，用耳朵接收。如今只是用光進行，對方全身發出光，然後用眼睛接收。」

「太厲害了，」功一讚嘆著，緩緩搖著頭，「所以，你是人類的突變嗎？」

「不，其實也不是，只是要解釋這一點很困難。」光瑠說完，用力抓著頭，「我原本以為只有我具備這種能力，但經過多方調查後，發現並不是這樣。首先是身體發出光這件事，已經在科學上得到了證明。」

「真的嗎？」

「不光是人類，所有的生命體都會發出微量的光。比方說，植物在發芽時，發光量就會增加，這稱為生物光子。」

「我知道螢火蟲會發光……」

「那是發光體系大幅進化的結果，你知道氣功嗎？」

「喔，我在電視上看過。中國人對著病人的患部舉起手，然後就治好了，對不對？」

「有一個團體用科學的角度觀察氣功師身體發出的光，那個團體叫做電磁力材料研究所。實驗結果顯示，無論普通人和氣功師，生物光子的量都一樣，但是，氣功師憋氣和發功時，生物光子的量會出現顯著的變化。發功時，光量也會增加；憋氣時就會減少。我也曾經去現場參觀過氣功師治療的情況，結果和文獻上所寫的一樣，那個氣功師比普通人發出更多的光。」

「氣功師用這種光治療病人嗎？」

「並不是用光本身，應該是用同時發出的能量治病。這個不重要，重要的是，自古以來，就有人能夠憑自己的意志控制發光量。」

「原來如此，氣功的確是中國傳統的技術。」

「接下來的問題是，人類是否能夠看到那些光。光是一種電磁波，波長380nm到780nm的區間稱為可視光線，只要在這個範圍內，應該就可以看到，但光量極少，或是發光時間很短時，並不會意識到自己看到了光。生物光子的確是很弱的光，但追溯過去，曾經有人看到過這種光，而且並不是特殊的人，只是普通大眾，你聽了之後，也會恍然大悟。」

「普通大眾？」功一動員了自己所有貧乏的知識，但還是想不出來，「我不知道。」

「發出光的人或許有特殊性，因為從歷史的角度來看，他們也是特殊的存在。」

「他們？」

「就是各個宗教的鼻祖，我對祂們發出的訊息沒有興趣，只在意人們看到祂們時的一致印象。只要看描繪祂們的畫，就可以明顯瞭解。以基督教藝術為例，聖畫中的人物都被金色包圍，其他宗教的教祖周圍也都光芒四射。不，應該說，祂們的身體發出了光芒。大眾稱這種光為光環。」

「啊……」

「佛教中有『背光』的字眼，那是佛和菩薩身體所發出的光芒，在製作佛像時，會使用金色的光環來表現。」

「對喔，我們看到有人做了什麼了不起的事，也會說那個人佛光普照。」

「要怎麼解釋世界各地宗教的這種共同點？我選擇了最簡單的答案，這些鼻祖全身實際發出了比普通人更強烈的光，祂們的信徒可以看到這種光。」

「為什麼可以看到？」

功一問了這個很自然的疑問，光瑠打了一個響指。

「這就是我在意的問題，我從各個方向思考後，總結出一個假設。當時的人對光感到飢渴，只要思考一下就不難瞭解這一點。因為在那個時代，火把是唯一的照明器具，入夜之後，黑暗支配了一切，所以微弱的光也彌足珍貴。」
「即使是微弱的光也不想錯過的心情，讓他們可以看到鼻祖的背光嗎？」
「我猜想八成是這樣，但只是看到光，人們會崇拜祂們，把祂們視為鼻祖嗎？所以我認為不僅是這樣而已。」
「所以？」
「所以，那些光應該具有吸引他人的能力，因此受到吸引的民眾會進一步和鼻祖的心同步，這種效果可以更加強烈感受到鼻祖發出的光。」
「喔，這該不會……」
功一覺得全身都起了雞皮疙瘩。
「沒錯，」光瑠說，「那就是光樂。」
「你想要成為鼻祖嗎？」
「怎麼可能？」光瑠微微搖晃著身體，「我只是想要喚醒大家，每個人都掌握了人類邁向進化的鑰匙，只是不知道該如何使用，於是我模仿了偉大前輩的做法，但因為現代人生活環境中充滿了光，對光並不會感到飢渴，所以相同的方法並不可行。在這種狀態下，無論等多久，都不可能有人感受到我發出的光。」
「所以你使用了光樂器嗎？」
「就是這麼一回事。」光瑠點了點頭，「那是可以發出疑似光環或者說是疑似背光的裝置，用彩燈重現我原本發出的光。我在光的訊息中融入了希望大家覺醒的心情，漸漸地，發現這種訊息的人開始聚集在我周圍，雖然大部分都是年輕人。他們一如我的期待，開始追求光樂，對光樂產生了強烈的渴求，最後，終於出現了能夠看到真正的光環，而不是疑似光環的人。」

「你是說輝美……」

「她也是其中之一，」光瑠說，「我認為目前到處都有很多即將覺醒的人，不，很可能他們已經覺醒了。」

「我……好像不行，」功一嘆了一口氣，「我什麼都看不到，也從來沒有看到過。」

「你有朝一日也會看到，被光樂吸引的人，一定會覺醒。」光瑠說完，咬著嘴唇，微微皺著眉頭，「問題在於要如何對待那些已經失去覺醒可能的人，我無意排斥他們，但他們並不願意接受我們。自古以來，當鼻祖出現時，人們就幾乎抓住了完成下一步進化的契機，但每次都受到當權者的阻礙。因為那些當權者都是失去覺醒可能性的人，他們靠欺騙、屠殺得到權力，靠著權力為所欲為，得到了他們想要的東西，當然不可能追求純粹的光。」

「但是，為什麼當權者那麼討厭進化？是基於對其他人掌握了新的力量所產生的嫉妒嗎？」

「這應該是最根本的原因，但他們還有更直接的理由。因為一旦人們可以藉由生物光子進行溝通，這個世界上就不再有謀略，就好像大津聖子無法瞞過我一樣。而且，人們將具備處理更龐大數量的資訊能力，到時候就會破壞權力結構，所以，人類的進化是對他們非常不利的事。」

「似乎很符合日本目前的情況……」

「任何一個國家、任何一個時代都一樣，」光瑠斬釘截鐵地說：「他們很清楚我剛才說的那些事，當權者有屬於當權者的傳說，他們對人民掌握新的能力極度神經質，極度害怕會出現教主。」

「但是，你出現了，所以這個國家的當權者想要消滅你……」

「他們想要消滅我，讓光樂變成短暫的流行——這就是他們的目的，因為自古以來，就一次又一次重複著相同的情況。」

「竟然有這種事……」功一嘀咕道，然後猛然抬起頭，「他們說要對你做腦部手術，是不是想要害你？」

「腦部手術嗎？原來是這樣，」光瑠點了點頭，「原來他們想要秘密調查光樂後加以抹殺，或是消除我的光樂能力。」

「怎麼辦？」功一問。

光瑠沒有回答，靜靜地閉上了眼睛。

29

功一他們遭到監禁應該已經超過了一整天，那些人第四次進來為他們送飯。三餐的間隔相當有規律，因為室內沒有時鐘，而且裝了磨砂玻璃的窗戶打不開，根本無法觀測太陽的位置，所以功一只是憑感覺認為三餐間隔很有規律。

送飯進來的是把光瑠帶來這裡的那兩個人。其中一人又高又瘦，另一個人的個子並不高，但胸膛很厚實。

個子較矮的男人推著推車走進來，把兩個裝了三明治和咖啡的金屬托盤放在角落的桌子上。高個子男人抱著雙臂，站在門口。

「早餐。」

矮個子男人說完，推著推車想要離開。

「要把我們關到什麼時候？」

功一對著男人的後背問道。男人停下腳步，緩緩轉過頭。

「等我們的事情辦完之後。」他用低沉的聲音回答。

「你們的事什麼時候才能辦完？」

「不知道，即使知道，也不能告訴你們。」男人和高個子互看一眼，不懷好意地笑了起來，再度推著推車往外走，但在離開之後，轉頭看向功一他們補充說：

「不必擔心，會讓你們活著離開。」

門關上了，然後上了鎖。門外傳來兩個男人的笑聲。

「他媽的！」功一用右拳打向左掌，「能不能想辦法逃出去？」

「這麼想也不錯啦，但要不要先吃飯？我肚子餓了。」

光瑠一派悠然地說，功一忍不住苦笑起來。

「你真是太厲害了，這種時候竟然還有食慾。」

功一把男人送進來的托盤端到光瑠的床邊。

「看起來很好吃，」光瑠說完，咬了一大口三明治，「嗯，以在這種地方能夠吃到的食物來說，味道很不錯，也加了不少芥末醬。」

功一見狀，也戰戰兢兢地放進嘴裡，味道的確還不錯。

他們專心吃著早餐，但功一無法忍受一直不說話。

「光瑠，你有沒有什麼打算？」

「什麼打算？」

光瑠喝著咖啡問道。

「要怎麼逃離這裡啊？你既然這麼篤定，代表你有什麼想法吧？」

光瑠撕了半張餐巾紙，用其中一半擦了擦嘴，很乾脆地回答：「沒有啊。」

「這……」

「功一，你聽我說，你覺得為什麼沒有把我們的手腳綁起來？因為這裡無法輕易逃出去。窗戶固定，無法打開，但即使可以打開，我們也不可能從窗戶逃走，因為我猜想這裡至少在三樓。當然也不可能打開門逃走，外面有兩個人監視。」

「所以就放棄了嗎？」

功一難以置信地看著光瑠。

「這樣比較務實，我的腳又受傷了。」

光瑠指著自己包著繃帶的腳說。

「但是，繼續留在這裡，他們要為你的大腦動手術啊，這樣也沒關係嗎？」

光瑠輕輕嘆了一口氣，露出淡淡的笑容。

「剛才那個人不是說，會讓我們活著離開嗎？那就相信他吧。」

「但萬一被他們動手術，你以後可能就沒辦法演奏光樂了。」

「不是可能，而是一定不行了。」

「這樣也沒問題嗎？」功一握緊拳頭，「你不是要讓大家覺醒嗎？不是要成為進化的推手嗎？」

光瑠直視功一的臉，然後靜靜地說：

「我的使命已經結束了，接下來就交給輝美和其他光樂家了，別擔心，交給他們沒問題，人類一定可以打開下一道門。雖然那些人以為只要抹殺我的能力就解決問題了，但事態已經不只是這種程度而已，水壩已經破了。」

「光瑠……」

「進化就是這麼一回事，並不是由某一個個體完成一切，只要在集合體內有其中幾個個體能夠傳遞接力棒就可以了，所以，我在將光樂公諸於世之前，先邀集了超過兩百名夥伴。」

「我知道，你所做的一切都經過策劃，但我無法接受。」

「個人的感情很渺小。」

光瑠無力地說完，好像看破一切般搖了搖頭。

「即使再怎麼渺小，無法接受就是無法接受。」

功一站了起來，像熊一樣在房間內踱步後，指著光瑠說：

「我會想盡一切辦法幫你，絕對不會讓他們對你做什麼腦部手術，我們還需要你的力量。不光如此，我們都很喜歡你，無法袖手旁觀。」他跪在光瑠面前說：「拜託你想想辦法，你應該可以想出辦法吧？你想一想，有什麼方法可以逃離這裡，我甘冒任何危險。」

光瑠露出難過的表情注視著努力勸說的功一，然後抱著雙臂，看向天花板。

「關於上電視的事。」

光瑠突然說道。

「啊？」

「你還記得上電視的日期嗎？我記得好像是今天。」

「啊，呃……」

光瑠突然提到意想不到的事，功一有點混亂。他想拿出記事本，沒想到也被拿走了，內側口袋只有一支原子筆，但他不用看記事本，也知道光瑠的行程。

「對，我記得是今天，今天傍晚六點現場演出。」

「咦？不知道佐分利先生有什麼打算？」

「能有什麼打算？只能中止啊。喂，現在不是討論這件事的時候。」

光瑠沒有回答，指著功一的衣服說：

「你好像有原子筆，可以借我嗎？」

「啊？好啊，你到底想幹嘛？」

光瑠攤開剛才墊在三明治下方的餐巾紙，用原子筆在上面寫字。餐巾紙上寫滿了英文字母和數字，看不出排列有什麼規律性。

寫完後，他遞給功一。

「想辦法把這個交給輝美。」

「給輝美？」

「她能夠解讀，因為這是光樂的樂譜。」
「是喔……」
功一瞪大眼睛，看著紙上所寫的密集文字，但完全看不懂。
「首先顯示了這裡的位置。」光瑠說。
「位置？你知道這裡是哪裡？」
「你剛才不是說了嗎？」
「我只告訴你說，是市區西北方向二十公里的地方。」
「但你在說話時，回想起沿途的情況，我讀到了你發出的生物光子。」
光瑠若無其事地說，功一聳了聳肩。
「還寫了什麼？」
「就是我剛才對你說的那些話，但因為語言無法說明本質，所以我寫成樂譜。」
「是喔……但這要怎麼交給輝美？」
「最好是你逃離這裡，當面交給她。其次是用電話或傳真，或是電腦傳給她。如果能夠透過第三者交給她也可以。」
功一聽了，忍不住發出呻吟。
「都不是簡單可以做到的方法。」
「所以做不到也無妨，做不到也很正常。」

「不，我一定會做到，問題在於門口那兩個監視的傢伙。」功一用大拇指指向門口，「他們看起來力氣很大。」

「現在沒辦法，再等一下，一定會有機會的。」

「你真有自信啊。」功一說。

「只要針對他們的目的思考，就很簡單啊。他們的目的是我，很快就會把我帶出去，到時候他們兩個人中會有一個人帶我走，所以只剩下一個人監視。」

「希望是那個矮個子。」

功一忍不住說出了真心話。

「哪一個都一樣，你不需要用一根手指就可以摺倒他們。」

光瑠拿起旁邊的檯燈。

30

遲遲等不到機會。當從窗戶照進來的陽光越來越強烈時，那兩個人又走了進來，說了聲：「午餐。」把一看就知道是冷凍食品的香料飯放在桌上。送飯進來的還是那個矮個子，高個子像早上一樣站在門口，用銳利的眼神看著功一他們。

「我就在等這個。」

兩個男人離開後，光瑠開始作業。功一帶著不安的心情看著他。

「會成功嗎？」

「我不是說過了嗎？本來就對成功不抱希望。」光瑠俐落地低頭作業，「好，搞定了，完成了。」

「他們什麼時候會來？」功一吃完一半香料飯後，忍不住著急起來，「想要動手的話，別這麼拖拖拉拉。」

「你不必著急，差不多了。剛才我聽到停車的聲音，從聲音判斷，應該是三千CC的轎車。有客人來了。」

光瑠果然沒有說錯，門很快就打開了。

那兩個人推著推床走了進來。矮個子走到光瑠面前，手上拿著注射器。

「把手伸出來。」男人說。

「住手。」功一大叫著，高個子瞪了他一眼。

光瑠可能覺得抵抗也是白費力氣，乖乖伸出左手。矮個子用注射器為他打針，光瑠皺了皺眉頭，很快失去了意識。

矮個子把他放在推床上，對高個子說：「好了。」高個子點了點頭，把推床推了出去。

矮個子看了一眼桌上，看到香料飯還剩下一半，皺著眉頭。

「不吃的話我收走囉？」

「等一下，我馬上就吃完。」

功一拿起盤子，用湯匙大口吃了起來。高個子推著推床離去。矮個子無聊地打量著室內。

他似乎並沒有發現檯燈不見了。

「吃完了，謝謝。」

功一把盤子放在托盤上，男人不耐煩地用兩隻手拿起兩個托盤。功一彎下身體，撿起地上的電線插頭。

「嗯，怎麼回事？」

男人小聲嘀咕的同時，功一把插頭插進了插座。

男人嘴裡吐出分不清是呻吟還是慘叫的聲音，壯碩的身體向後仰，手上拿著兩個托盤，重重地倒在地上。

功一立刻把插頭拔了下來。電線中途分開，連在兩個托盤上。

「心臟不好的人可能會致命，但以他們的體格，應該只會昏迷而已。」

光瑠剛才在作業時說道，事實果然如他所說。

功一用床單綁住了男人的手腳，把他的嘴巴也綁了起來，從門縫向外張望。

走廊上沒有人影。他溜出房間，輕輕關上了門。然後用從男人身上偷來的鑰匙鎖上了門。

他躡手躡腳地沿著走廊前進。走廊的兩側有很多門，但他完全不知道那裡面是什麼房間，甚至不知道這裡是哪裡。看起來不像普通的醫院，難道是什麼研究所？

他看到了樓梯，四處張望後，小心翼翼地下了樓，仍然沒有看到人。太好了，可以順利逃出去——他心想道。

他正想繼續走下另一段樓梯時，樓下傳來說話的聲音。他巡視周圍，看到廁所。他走進廁所，試著打開窗戶，發現這裡是二樓。下面是草皮，即使跳下去時沒站穩，最多也只是扭傷腳而已。

他抓住窗框，把身體懸在半空後放了手。他順利落地，並沒有扭傷腳。周圍種了櫟樹，他穿越樹林。雖然他不知道方向，但猜想只要一直跑，就可以跑到圍牆。

前方出現了圍著鐵網的圍牆，他利用跑過來的助力，一下子跳了上去。馬上就可以逃離這裡了。

他越過鐵網跳了下來。不知道是否因為稍微鬆了一口氣的關係，這次落地時失敗了。右腳一陣劇痛，他皺著臉蹲了下來。現在不能在這裡浪費時間。

必須站起來，必須站起來趕快跑——正當他咬緊牙關時，頭上響起一個聲音。

「要不要幫你？」

低沉的語氣充滿惡意。功一緩緩抬起頭，剛才那兩個人中的高個子抱著雙臂站在他面前，他的身後還有三個男人。

高個子從上衣內側口袋裡拿出對講機。

「順利逮到了，現在就帶他回去。」關上對講機的電源後，男人看著功一露齒一笑說：

「我們隨時用這個聯絡，只要聽不到回答，就知道出事了。真可惜啊。」

剛才那個矮個子身上似乎也有對講機。

31

功一並沒有被帶回樓上的房間，高個子敲了敲門，門內傳來一個粗魯的聲音：

「進來。」

房間四周都是白牆，沒有窗戶，後方有一道好像舞台簾幕般的白色簾子，有好幾張沙發面對著簾子。功一所站的位置只能看到沙發的椅背。

沙發旁站了一個女人，功一沒有立刻認出她就是大津聖子。因為眼前的女人和功一認識的她無論服裝、化妝和臉上的表情都完全不同。當她和功一四目相接後，咬著嘴唇，低下了頭。

功一想要跑向她，但視線角落有動靜。一個男人從其中一張沙發上站了起來。
「真巧啊。」男人說。
功一看著男人的臉，頓時停止了呼吸，全身起了雞皮疙瘩。
「老爸……」他小聲叫了一聲。
大津聖子聽了，立刻張大了眼睛看著男人。「老爸……不會吧？」
男人輕輕笑了笑，似乎對她的反應樂在其中。他看著兩個年輕男女的臉。
「他是我兒子啊。功一，好久不見。」
功一說不出話。烏雲籠罩了他的心頭，憎恨在內心膨脹，他似乎聽到鼓聲越來越近。
相馬忠弘是他的父親，也就是眼前這個男人的名字。他多麼痛恨自己身上流著和這個男人相同的血液。
「這是怎麼回事？」他終於開了口，但聲音好像在呻吟。
「什麼怎麼回事？」
「是你讓聖子……你讓聖子當間諜嗎？」功一瞪著她。
她搖了搖頭說：「我不知道你們是父子。」
男人低聲笑著說：「我是你的父親，我最瞭解你，也知道你的弱點，知道該給你怎樣的女人，所以才會讓她接近你。說起來，也算是遵守了原理。」

「說什麼鬼話，你瞭解我什麼？」

「什麼都知道。」

「開什麼玩笑！」

「我當然沒有開玩笑，事實證明就是如此。你對我安排的女人如癡如醉，也沒有辜負我的期待，把很多消息都透露給她。你討厭我，看不起我的工作，但你被我玩弄在股掌之中。」

「少囉嗦。」

功一想要撲向相馬忠弘，但高個子立刻抓住了他的身體，從背後架住了他，他完全無法動彈。

「看吧，」相馬忠弘說：「你只會說大話，連打人都做不到。不，不光是你，你們那票人都是這種貨色，什麼光環，什麼光樂，笑死人了。」

聽到相馬忠弘提到「光環」這個字眼，功一猜想他聽到了剛才和光瑠的對話，可能在那個房間裡裝了竊聽器。

「你是這次的主謀嗎？」功一問。

「我掌握了很大的權限，但並不是主謀，也不是光瑠說的所謂權宜上的主謀。功一，我告訴你一件事，這個世界上存在著各種力量，這些力量相互保持平衡，世界才能運轉。至於這些力量，有所謂的一山更比一山高，這個世界上存在著你們的腦袋無法想像的巨大力量。」
「因為不希望這種平衡遭到破壞，所以才想要害光瑠嗎？」
「白河光瑠只是其中的一個因子，我們很瞭解光樂，從你們出生之前就瞭解，而且比你們瞭解得更詳細。光瑠不是也說了嗎？自古以來，就一直在重複這些事。」
「但是，這次你們無法阻止了。你不是聽到光瑠說的話嗎？水壩已經出現破洞了。」
「當然可以阻止，現在只是螞蟻洞而已。」
這時，另一個男人走了進來。「他們來了。」
「帶他們來這裡。」相馬忠弘命令後，將視線移回兒子身上，「我的話說完了，我們已經好幾年沒有說這麼多話了。」
「我不想再看到你。」
「你早晚會知道，到時候就可以笑著聊今天的事，我很期待那一天的到來。」
相馬忠弘說完，對高個子說：「把他帶走。」
「等一下。」功一仍然被高個子從背後架住，「讓我和這個女人說話，我想和聖子單獨談一談。」
大津聖子——木津玲子露出驚訝的表情。
「她叫玲子，」相馬忠弘糾正後露出苦笑，「趕快忘了這個女人，這次是很好的教訓吧？」

「讓我和她談一談。」功一重複說道。

相馬忠弘想了一下，對玲子點了點頭。

「妳和他一起去吧。」然後又對高個子說：「看著他們。」

功一被拉出了房間，玲子跟著走了出來。

「放開我。」功一甩開了高個子的手臂，走向玲子。她的臉上露出害怕的神情，他舉起右手，做出要甩她耳光的動作。她閉上了眼睛。高個子在他背後緊張起來。

但是，功一放下了手，握住了玲子的手。她睜開眼睛，露出驚訝的表情。

「妳應該也有自尊心吧？」功一說完，鬆開了她的手，然後轉身對高個子說：「走吧，隨便帶我去哪裡。」

高個子男人抓住了他的手臂，沿著走廊邁開步伐。功一被他拉著走，回頭看了一眼，玲子始終注視著他。

光瑠，我相信了你的話。他在心中說道。她至今仍然愛著我。我相信你說的這句話——

木津玲子走進化妝室，鬆開緊握的手掌。手掌中有一張折得很小的紙。剛才相馬功一和她握手時，把這張紙交到了她手上。

玲子打開紙，上面寫滿了數字和符號，她看不懂代表什麼意思，但對功一他們來說，一定具有重要的意義。

他到底要我怎麼做？

難道要我送去給佐分利他們嗎？玲子覺得自己根本辦不到。他們目前一定已經知道她是間諜，如果出現在他們面前，不知道會有什麼下場。

而且，事到如今，協助功一又有什麼用？

他一定痛恨自己。這也難怪，應該說是理所當然。世界上任何人都對自己遭到欺騙感到憤怒。

但是——

「妳應該也有自尊心吧？」

她無法忘記他說這句話時的眼神。他的眼神很真誠，玲子覺得他的眼神同時代表了另一層意思。

我相信妳的自尊心——他是不是想要這麼說？

玲子搖了搖頭。她覺得做不到，自己不可能把這張紙送去給佐分利。

她走出化妝室，打算走回剛才的房間。

這時，她和一個年輕女人擦身而過。女人手上拿著幾頁資料，一個男人追了過來。

「等一下，」他說：「這個也順便傳真過去。」

「好。」

年輕女人點了點頭，接過資料後繼續往前走。

傳真……嗎？

玲子不知不覺地轉過身，追著走在前面的女人。那個女人停下腳步，準備打開旁邊的門。那個女人也看到了她。

「呃……」玲子開了口，「我有資料想要傳真。」

那個女人露出有點訝異的表情，玲子又接著說：

「我幫相馬先生做事。」

年輕女人似乎瞭解了狀況，擠出笑容說：「請進。」

「到底是怎麼回事啊？」佐分利對著手機怒吼的聲音響徹電視台的攝影棚，隨著時間的推移，他越來越焦躁，「已經過了好幾個小時，為什麼完全沒有任何線索？」

佐分利抓著頭，看著坐在他對面的輝美苦笑著。

「不應該在女生面前情緒失控。」

「目前還不知道光瑠的下落嗎？」輝美問。

「別緊張，很快就會知道了，我們已經盡了這麼大的努力。總之，妳只要專心表演就好。」

「佐分利先生，關於這件事，」輝美吞吞吐吐，「我覺得還是不行，我沒辦法在電視上演奏光樂。」

「妳怎麼到現在還在說這種話？別擔心，妳可以做到，預演的時候不是也很順利嗎？喂，哲也。」

「是。」

宇野哲也跑了過來。

「你鼓勵一下輝美，她又感到不安了。」

「因為真的不行啊。」輝美快哭出來了，「我一直在發抖。」

「再大牌的歌手，第一次上電視時都會發抖，」哲也用溫柔的語氣說道，「每個人都會這樣，所以不必在意。」

「但是……」

輝美的淚水在眼眶中打轉時，遠處傳來一個叫聲。「佐分利先生。」

「幹嘛？吵死了。」佐分利訓斥道，「這麼大聲說話，不是會造成電視台的人的困擾嗎？」

但是，那個年輕男人跑過來後，仍然大聲地說：

「辦公室那裡收到了奇怪的傳真，雖然我不太清楚，但這是不是光樂的樂譜？」

「什麼？」佐分利搶過了他手上的紙，瞥了一眼後，交給輝美，「怎麼樣？」

「沒錯，」她回答：「而且是光瑠的筆跡。」

「好，太好了。」佐分利用力點頭，「妳知道內容嗎？」

「只要演奏一下，應該就知道了。」

「喂，還在磨蹭什麼啊？趕快把樂器拿來。」

「這裡就有樂器。」

哲也指著上節目用的光樂器。輝美被大家推著來到樂器前，然後按照光瑠送來的樂譜演奏。看著那些光，輝美瞭解了光瑠想要表達的意思。

「光瑠……在求救。」

「他在哪裡？」

「在西北方向，沿著國道直行——」

哲也很快記下了她說的位置。

「好，部隊出動。」佐分利說，「哲也，邀集假面摧毀團的成員，全副武裝。」

「是。」哲也回答。

34

志野政史在麥當勞點兩個漢堡時，店員的女生看了他的臉，微微皺著眉頭，在收錢的時候，也明顯不願碰到他的手。

走出速食店，他坐在附近公園的長椅上吃漢堡。雖然知道整天吃這種東西對身體不好，但他手上已經沒有太多錢了。

他回想著自己到底離家幾天了。兩天還是三天？或是四天？他對時間的感覺已經混亂了。

吃完漢堡後，他走進公園的廁所，看著破了一半的鏡子，只看到灰色的皮膚上冒出了淡淡的鬍碴，頭髮因為汙垢和油脂黏在一起，是一張典型的遊民臉。難怪麥當勞的女生會討厭自己。政史對著鏡子露出了空虛的笑容。

他洗完臉後走出廁所。天色暗了，公園裡已經沒人了。

政史漫無目的地走著，他沒有目的地，離家出走也沒有明確的目的。

如果硬要說的話，可能是為了逃避對媽媽的回憶。

媽媽被炸死的情景深深烙在政史的眼瞼，他已經做好了心理準備，可能一輩子都無法消除這些記憶。

政史完全無法理解為什麼媽媽就這樣死了。正如警方所懷疑的，媽媽不可能有辦法張羅到那種爆裂物，而且政史很清楚，即使媽媽因為偶然的機會拿到了，也絕對不可能想要用來傷人。

政史推測，媽媽一定是被人利用了，只是完全猜不透到底被誰利用，目前只知道有人利用媽媽想要讓兒子遠離光樂的心情。

對政史來說，這一點最讓他感到難過。自己之前的確有點異常，難怪媽媽想要設法讓自己遠離光樂。

但是，在自己瞭解光樂真正的意義後，心情已經平靜多了，媽媽也瞭解這一點，似乎放了心——

如果自己更早覺醒，媽媽就不會死於非命。他一直想著再怎麼懊惱也無濟於事的問題。

他不知不覺中來到了鬧區，下了班和放學的人們走在街上尋找樂子。政史看著他們，覺得世界根本沒有任何改變，但是他很清楚，世界正在改變。

他想要看光樂。不知道光瑠在幹什麼？他這一陣子沒有看電視，也沒有看報紙，完全不瞭解這幾天社會上到底發生了什麼事。

有幾個年輕男女站在電器行門口，似乎正在看電視。難道在演什麼好看的節目嗎？政史也看向螢幕。

「啊！」他忍不住叫了起來。

小塚輝美出現在電視上。輝美站在光樂器前。

「光樂的最高權威白河光瑠先生因為之前的意外，今天無法演出，所以由白河先生所推薦的小塚輝美小姐為大家演奏。小塚小姐，請問今天要演奏什麼樂曲？」主持人問輝美。

「我今天要演奏的是，」輝美說到這裡，舔了舔嘴唇，從她的表情可以發現她很緊張，「今天的樂曲是白河光瑠先生想傳達給各位的訊息。各位觀眾，嗯，請大家好好解讀。」

然後，她對著鏡頭鞠了一躬。

「是嗎？真讓人期待，那就請妳馬上為我們演奏。」

在主持人的催促下，輝美走到樂器後方。她用力深呼吸，攝影棚內的燈光同時暗了下來。

演奏開始了。為了上電視表演，似乎製作了新的光樂器，光樂器上的十二盞燈發出光芒，緩緩響起電子音樂。

太出色了。政史心想。她完美地操控著那些光，和那些如雨後春筍般出現的冒牌光樂家不一樣，甚至會以為是光瑠在演奏。

當他回過神時，發現很多人聚集在周圍，都是不到二十歲的年輕人，每個人都屏氣斂息地注視著畫面，沒有人說話。

政史也將視線移回電視，細細體會著輝美的演奏。

但是，他很快感到心潮起伏。因為他發現從螢幕上發出的光隱藏了具體的意思。正如輝美所說的，這是光瑠要傳遞給大家的訊息。

大家趕快覺醒吧。這是最主要的訊息。趕快拋開外殼，發現自己的力量。

但在這些訊息之間，還夾雜了奇妙的訊息。

光瑠很危險。

光瑠遭到監禁，有人想要奪走他演奏光樂的能力。如果不趕快去營救，就來不及了。

不好了，要趕快採取行動。政史想道，轉身離開了電器行。但是，自己能夠做什麼？

他沒有想到任何方法就邁開了步伐。無論如何，都要先去再說，因為光瑠在等待自己。

他去了附近的車站，在自動售票機前排隊。他知道要去哪裡。雖然如果問他為什麼知道，他也不知道該怎麼回答，但看了輝美的演奏之後，那個地點就浮現在腦海。如今，政史已經知道，那是光樂的力量。

自動售票機前很擁擠，為什麼有這麼多人？政史納悶地觀察四周。排隊買票的都是年輕人，每個人的表情都很嚴肅。

政史發現，每個人買的票都前往相同的地點。他也要買相同的車票。

35

演奏完畢，回到休息室，輝美倒在沙發上，意識突然變得模糊，有人叫她的聲音聽起來也很遙遠。

當她回過神時，發現自己躺在沙發上，身上蓋著毛毯。走廊上傳來佐分利正在和別人說話的聲音，對方似乎是電視台的人。

佐分利走進來後，看到她醒了，立刻露出柔和的表情。

「我睡了多久？」

「十分鐘左右，妳再多休息一下。第一次上電視很緊張吧？而且妳演奏時耗盡了所有精神。」

「我的演奏很糟糕嗎？」

「沒這回事。」佐分利用力搖著頭，「很完美。雖然很遺憾，我無法接收到妳發出的光的訊息，但還是深受感動，太出色了，電視台也馬上接到了觀眾大肆稱讚的電話。」

「是嗎？太好了……」她鬆了一口氣，再度看著佐分利，「請問，光瑠怎麼樣了？還沒有找到嗎？」

「這件事就不必擔心了，哲也他們已經出發了，反正已經知道地點，應該很快就會把他救出來，妳可以充滿期待地等待好消息。」

佐分利自信滿滿地說。

這時，傳來敲門聲。佐分利站了起來，打開了門，輝美立刻發現他的神情緊張起來。

「會長……」佐分利叫了一聲，「你怎麼會來這裡？」

會長？輝美坐了起來。

一個身穿和服的老人走了進來。他一頭白髮，鼻子下方的鬍子也是白色。雖然個子瘦小，但姿勢很挺拔。

「我想和這位小姐單獨談一談。」

老人說。佐分利猶豫了一下，鞠躬離開了。

老人看到門關上後，看著輝美笑了笑。

「妳好。」

「你好。」她也向老人打招呼，「請問爺爺……你是哪一位？」

「嗯，」老人點了點頭，在輝美對面的椅子上坐了下來，「妳可以叫我爺爺，我姓鳥居。」

輝美猜想他是佐分利他們組織的最高權力者。

「我看了妳演奏的光樂，太好了，真是太好了。」

鳥居說完，連續點了好幾次頭。

「謝謝。」

輝美鞠了一躬，思考著這個老人找自己有什麼事。老人開口說：

「這下子應該可以喚醒很多人。」

輝美驚訝地看著老人，老人仍然面帶笑容。

「妳會感到驚訝很正常，但只要看了這個，我相信可以解開妳的疑問。」

老人說完，身體發生了變化。他的全身發出了金色的光芒。輝美睜大眼睛，同時讀取了那些光中傳遞的訊息。

她終於理解了。

老人也具備了操控光的能力，而且老人比光瑠早出生了數十年。他受到了時代和環境的限制，既無法像光瑠那樣製造光樂器，也無法召集同伴。於是，他只能專心解讀從他人身體發出的光，也因此在事業上獲得成功，經營了多家公司。他從來沒有向任何人提及自己的能力，因為他知道，一旦被當權者盯上，不是遭到利用，就是遭到抹殺。

當他建立了某種程度的地位後，他試圖和同伴展開交流。他認為世界上應該還有其他人具備這種能力，和自己一樣，靜靜地生活著。

不久之後，他的觸角伸向以影像為中心的資訊產業，他製作的廣告發揮了驚人的成果。因為他懂得如何藉由光刺激人心，這也是理所當然的結果，但是，老人真正的目的並非賺錢，他在自己製作的某些影像中融入了訊息，訊息的內容如下——

如果你聽到我的聲音，請和我聯絡——

因為他相信，自己的同族一定能夠解讀到這些訊息。

然而，經過了好幾年，仍然沒有同族出現在他面前。年邁的身體讓他知道自己所剩的時間並不多了，所以開始焦急。

有一天，老人突發奇想，想到了尋找同族的方法，那就是盡可能讓更多孩子進入黑暗的世界。因為現在的孩子生活環境中充斥了太多光，即使具備了這種能力，當事人也可能無法察覺。

他決定讓少男少女接觸夜晚的黑暗，於是全國各地都有了新型的飆車族假面摧毀團。鳥居相信，只要讓少男少女進入黑夜，其中必定有人能夠發現自己具備的能力，但是，光是這樣還不足夠，這種能力覺醒需要某種誘發因子。老人在新型飆車族機車的車頭燈中進行了特殊的改造，於是，他們所發出的光也融入了訊息，訊息只有一句話——「覺醒吧」。

但是，事情的發展並不如老人的預料，因為新型飆車族雖然發出了訊息，卻無法靠自己的力量覺醒，但有人汲取到了他們發出的訊息，那個人就是白河光瑠。

鳥居命令佐分利把光瑠帶來，然後兩個人單獨見了面。

光瑠是如假包換的同族，而且具有強大的力量。在見面時才發現，原來光瑠知道老人的存在，因為光瑠接收到老人運用各種影像持續發出的訊息，所以，他也預料到佐分利會上門找他。

「原來是這樣，難怪佐分利先生盡力協助光瑠。」

輝美說。

「佐分利並不知道我的能力，只是按我的命令行事。因為可以賺錢，所以他也很賣力。」

老人說完，哈哈大笑起來。他的牙齒很整齊。

「請問，光瑠沒問題嗎？」

輝美問了她目前最關心的事。

「他沒事，」老人用力點頭，「妳剛才的演奏一定可以救他。」

「希望如此。」

「不必擔心。好了，」鳥居緩緩站了起來，「要不要去我家？我們這些具有相同能力的同族就喝著茶，等待光瑠歸來吧。」

36

宇野哲也率領四十八名同伴騎著機車北上，假面摧毀團已經很久沒有出動了。他們一身黑色戰鬥服，戴著黑色安全帽，和以前相同的打扮，也和以前一樣攜帶了爆裂物。

「我們要破壞一切，不需要什麼理由。因為我們想破壞，所以就大肆破壞。」

哲也想起以前曾經大喊這句口號。他們曾經渴求某些東西，渴求訴諸心靈的東西。

光瑠回應了他們的這種心情。目前的世界太奇怪了，有什麼地方不對勁，到底哪裡不對勁？如何才能突破現狀？——光瑠對這些疑問有了答案，想要協助還沒有完全長大的年輕人，所以，他們也努力接受光瑠傳遞的訊息。

如今，光瑠身陷危險，他遭到了監禁。哲也隱約知道敵人到底是誰。這個世界上，有些人故意想要扭曲這個世界，那些人必定會覺得光瑠礙眼，因為光瑠具備了將這個世界導正的力量。

一定要去救光瑠。哲也想道。無論如何都要營救他。

但是，他又捫心自問。自己和同伴全副武裝，騎著機車衝鋒陷陣的方法是正確的嗎？那不是和那些人沒什麼兩樣嗎？

當他指示要準備爆裂物時，目前騎在他身後的那些同伴露出猶豫的表情，甚至有人問，真的非帶不可嗎？

「為了救光瑠，必須戰鬥啊。」

哲也這麼說，大家才終於攜帶上裝備，但他自己也有點不對勁。

目標地點越來越近。這時，哲也發現周圍的情況有點不對勁。

雖然已是夜晚，而且這一帶也不是鬧區，但有很多人走在路旁。仔細一看，全都是不到二十歲的年輕人。

哲也向同伴打了招呼後停了下來。

「喂，這是怎麼回事？前面有什麼嗎？」

他問其中一名同伴。

「應該什麼都沒有啊。」

同伴也感到納悶。

那些年輕人看到哲也他們並沒有感到害怕，繼續默默向前走，每張臉上都充滿嚴肅的表情。

「算了，不必在意，繼續前進。」

哲也他們繼續騎著機車前進。

沒想到越往前，年輕人的數量越多，當道路漸漸狹窄後，他們都走到車道上，機車很難繼續前進。

「這是怎麼回事？」

哲也他們有點不知所措。這時，有人抓住了他的手臂。他驚訝地看向對方，發現一個臉很髒的年輕人正對著他微笑。仔細一看，才發現是志野政史。

「政史，你怎麼會在這裡？」

「應該和你們在這裡的理由一樣啊。」

「和我們一樣？」

「但是，」政史說：「我們並沒有武器，因為只有舊世代的人才會用這種東西。」

「舊世代……」

哲也看著政史的眼睛。政史輕輕點頭，哲也覺得自己頓時瞭解了一切。哲也也點著頭，然後對後方的同伴說：

「把機車留在這裡，我們也要徒步前進。」

同伴也都大聲表示同意。

37

功一無法動彈，因為那些傢伙把他的手腳都綁在床上，而且還塞住了他的嘴巴。

他在空蕩的房間內發出呻吟掙扎著，聽到門打開的聲音。他扭著身體看向門的方向，看到大津聖子，不，是木津玲子，看到她把食指放在嘴唇上，示意他安靜。她拆下綁住他嘴巴的東西，又用剪刀剪斷了綁住他手腳的繩子。

「快逃，現在應該沒問題。」她說。

「那些傢伙呢？」功一問。

「正在做實驗的準備。」

「實驗？」

「剛才的房間不是拉著白色簾幕嗎？簾幕後方就是實驗室，可以隔著玻璃窗看到實況，他們要用光瑠的身體做實驗。」
「什麼實驗？」
「我不知道，應該是調查光瑠的能力。」
「剛才那裡不是有沙發嗎？」
玲子點了點頭，「這次行動的首謀要觀賞實驗，剛才聽說他們已經到了。」
「那個男人的同夥都到齊了。」
「那個男人？」玲子問了之後，才想到功一在說他父親，回答說：「嗯，是啊，但『老師』好像不會來。」
「老師？」
「真正的主謀，雖然我不知道是誰。」
「誰都無關緊要，」功一說：「光瑠說，那只是剛好由那個人當老大而已。」
「是喔……」
「實驗結束後，他們有什麼打算？」
「可能要動手術，因為我聽他們這麼提過。」
「手術？腦部手術嗎？」
她點了點頭，功一咬著嘴唇。
「光瑠已經被帶去實驗室了嗎？」

「應該還在準備室。」

「好，」功一站了起來，「那我去救他。」

「不可能啦，有人監視，而且光瑠的腳受了傷。」

「我不能一個人逃走，這樣根本沒有任何意義。」

「但如果你不趕快逃走，可能有生命危險。」

「光瑠的能力被剝奪比我被人殺害更嚴重。拜託妳，帶我去光瑠那裡。」

玲子似乎被功一的氣勢震懾了，嘆了一口氣說：

「好吧，你跟我來。」

「謝謝，」功一說完，注視著她：「聖子……啊，不對，妳叫玲子？」

「叫我聖子就好。」

她露出寂寞的笑容。

「妳有剪刀對嗎？」

「對。」她拿出前端銳利的剪刀。

「借給我。」

「好啊，你打算幹嘛？」

「我有一個想法，當然，希望妳協助我。」

功一把自己的計畫告訴了她，她想了一下後回答說：「好啊。」然後兩個人一起走出了房間。

他跟在玲子身後，一路注意周圍的動靜。他不知道到底該不該相信她，但即使不相信她，眼前也沒有其他的方法，既然這樣，他願意賭一下運氣，而且，他也希望自己能夠相信她。

沿著走廊走了一段路，在樓梯上走到一半時，玲子停下了腳步。

「有人監視，等我一下。」

她獨自上了樓。功一躲在樓梯處張望，聽到她說話的聲音，然後有男人小聲回答她。

不一會兒，她快步跑了回來。

「我把人支開了，十分鐘左右才會回來。」

「太好了。」功一說著，衝上了樓梯。「光瑠呢？」

「就在那個房間裡。」

白色對開的門上掛著「準備室」的牌子。

「那就行動囉。」

「好。」

「把門打開。」

功一說完，右手握緊了剛才的剪刀，用另一隻手抱住她的腰。

玲子打開門，房間內四個身穿白袍的男人同時看了過來。由於人數比功一原先想像的少，他鬆了一口氣。

「不許動！誰敢動一下，這個女人就沒命了。」

他用剪刀前端抵住玲子的脖子說道，那些人立刻停止了所有的動作。其中一人正準備把針頭插進躺在床上的光瑠手臂。

光瑠驀地抬起頭，功一鬆了一口氣。幸好還沒有給他打麻醉。

「光瑠，你可以走路嗎？」功一問。

「撐一下的話應該可以，但我的手腳被綁在床上。」

「為他解開！」

功一命令旁邊的男人。男人遲疑了一下，順從地鬆開了光瑠。光瑠被皮帶固定在床上，當他恢復自由後，痛苦地皺著臉，一瘸一拐地走到功一他們身旁。

「你沒事吧？」

「嗯，疼痛已經麻木了，原來這就叫做以毒攻毒。」

即使在這種情況下，光瑠仍然開著玩笑。

功一讓光瑠先離開房間後，繼續用剪刀抵著玲子的脖子，緩緩後退。

當他們走出房間後，光瑠關上了門，立刻用東西綁住了門把。仔細一看，原來是剛才用來綁住他手腳的皮帶。

「很環保吧。」光瑠說。

不一會兒，裡面就傳來撞擊的聲音。他們似乎發現自己被關在裡面。

「快走吧。」

功一說，但光瑠的腳受了傷，無法奔跑。

好不容易下了樓梯，打開了建築物的大門，但當他們走出大門後，發現有幾個男人等在那裡，相馬忠弘站在最前方。

功一立刻用剪刀抵住玲子的脖子。

「退後！如果不退後，我就刺進這個女人的脖子。」

但是，相馬忠弘無動於衷，臉上露出諷刺的笑容。

「你要刺就刺啊。」

「你說什麼……」

「八成是玲子動了真心，愛上了你，決定協助你，所以年輕女人不可靠，年輕男人也一樣。」

相馬忠弘一邊說，一邊走了過來。

「別過來，我真的會殺了她。」

「我不是說了嗎？想殺就殺，不必有任何顧慮。來，動手吧！」

相馬忠弘雙手扠在腰上，揚了揚下巴。

功一瞪著他，無法阻止自己握著剪刀的手發抖。

他鬆開了手，把剪刀丟在地上。

相馬忠弘露齒一笑。

「很好很好，男人就要識時務，有時候無論怎麼努力也無法如願。玲子，過來我這裡。」

但是，玲子沒有過去，相馬忠弘氣歪了臉，大叫著：「妳給我過來！」然後拉著她的手臂，伸出右手甩了她一個耳光。

「你幹嘛！」

功一想要撲過去，但兩個男人從兩側抓住了他。

「真囉嗦的小鬼，」相馬忠弘露出不耐煩的表情說：「等你們長大之後再來搶主導權，在此之前就乖乖服從，我們大人會安排妥當，人類就是用這種方式建立歷史。」

「然後，」光瑠說，「就走向滅亡。」

「什麼？」

「所有的生物都將保存物種視為最優先事項，為此不惜自我犧牲。為了保存物種而進行世代交替，因為這才是最重要的事。」

「你想說什麼？」

「這個地球上，」光瑠搖了搖頭，「沒有任何一種生物會像人類那樣拒絕世代交替。」

「少在那裡大放厥詞——喂，來人。」

相馬揚了揚下巴，幾個男人立刻上前抓住了光瑠的身體。光瑠並沒有抵抗。

功一奮力掙脫，大聲叫著：「放開我，放開我。」但那些男人力大無比，他根本無法掙脫。

只能束手就擒了嗎？——正當他這麼想的時候，看到了那一幕。

遠處有什麼東西在發光，那是有點像金色的微光。從建築物之間、從牆壁的後方，從四面八方漸漸向功一他們靠近，簡直就像海嘯緩緩撲來，而且那是光的海嘯，緩緩地、確實地吞噬了一切。

仔細一看，光的下方有人，而且不是一個人或兩個人，而是不計其數的年輕人和小孩子朝向功一他們走來。不，他們的目標當然是光瑠。

「那些人是誰？誰讓他們進來的？為什麼讓他們進來？你們在幹什麼啊？趕快把他們趕出去！」

相馬忠弘大叫著，但沒有人理會他。也許那些人看不到光，但他們被年輕人散發出的能量震懾，完全無法動彈。

那些年輕人加快了步伐，最後奔跑起來。光的海嘯再度增強，漸漸逼近。

功一對光瑠說：

「光瑠，我看到了，我也可以看到光了。」

光瑠緩緩舉起雙手。

「一切從現在開始。」

就在這時，他全身被光環包圍。黃金色的光環在轉眼之間急速膨脹，和那些年輕人發出的光融為了一體。

歡迎加入**謎人俱樂部**！為了感謝您對皇冠出版的推理、驚悚小說的支持，我們特別規劃推出讀者回饋活動，您只要按照規定數量蒐集每本書書封後摺口上的印花（影印無效），貼在書內所附的專用兌換回函卡上，並詳填個人資料後寄回，便可免費兌換謎人俱樂部的專屬贈品！詳細辦法請參見【謎人俱樂部】活動官網。

【謎人俱樂部】臉書粉絲團
www.facebook.com/mimibearclub

☐集滿4個印花贈品（二款任選其一）：

A：【推理謎】LOGO皮質燙銀典藏書套一個
（黑色，25開本適用，限量1000個）

B：【推理謎】吉祥物『獨角獸』圖案皮質燙金典藏書套一個
（咖啡色，25開本適用，限量1000個）

☐集滿8個印花贈品（二款任選其一）：

C：【推理謎】LOGO皮質燙金證件名片夾一個
（紅色，11.5cm x 8.6cm，限量500個）

D：【推理謎】吉祥物『獨角獸』圖案環保購物袋一個
（米色，不織布材質，41.5cm x 38.6cm，限量1000個）

☐集滿12個印花贈品（三款任選其一）：

E：【推理謎】LOGO不鏽鋼繩鑰匙圈一個
（限量500個）

F：【推理謎】吉祥物『獨角獸』圖案馬克杯一個
（白色，320cc容量，限量500個）

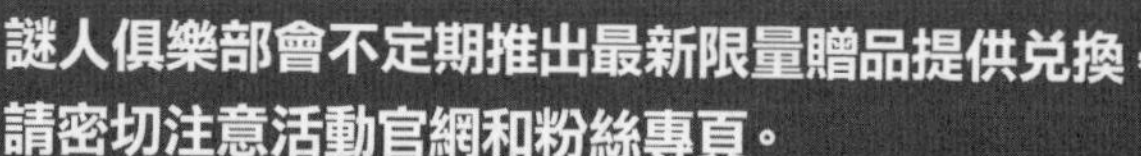

【注意事項】

◎本活動僅限台灣地區讀者參加。

◎贈品兌換期限自即日起至2023年12月31日止（以郵戳為憑）。

◎贈品圖片僅供參考，所有贈品應以實物為準。

◎所有贈品數量有限，送完為止。如讀者欲兌換的贈品已送完，皇冠文化集團有權直接改換其他贈品，不另徵求同意和通知。贈品存量將定期在【謎人俱樂部】活動官網上公佈，請讀者在兌換前先行查閱或直接致電：（02）27168888分機114、303讀者服務部確認。

◎皇冠文化集團保留修改或取消謎人俱樂部活動辦法的權利。辦法如有更動，將隨時在【謎人俱樂部】活動官網上公佈。

國家圖書館出版品預行編目資料

操縱彩虹的少年 / 東野圭吾著；王蘊潔譯. --
二版. -- 臺北市：皇冠, 2022.12　面；公分. --
（皇冠叢書；第5061種）（東野圭吾作品集；23）
譯自：操縱彩虹的少年

ISBN 978-957-33-3958-8（平裝）

861.57　　111018371

皇冠叢書第5061種
東野圭吾作品集 23
操縱彩虹的少年
虹を操る少年

作　　者—東野圭吾
譯　　者—王蘊潔
發 行 人—平雲
出版發行—皇冠文化出版有限公司
台北市敦化北路120巷50號
電話◎02-27168888
郵撥帳號◎15261516號
皇冠出版社（香港）有限公司
香港銅鑼灣道180號百樂商業中心
19字樓1903室
電話◎2529-1778 傳真◎2527-0904
總 編 輯—許婷婷
責任編輯—黃雅群
行銷企劃—蕭采芹
著作完成日期—1997年
初版一刷日期—2016年3月
二版一刷日期—2022年12月
法律顧問—王惠光律師

讀者服務傳真專線◎02-27150507
電腦編號◎527120
ISBN◎978-957-33-3958-8
Printed in Taiwan
本書定價◎新台幣380元/港幣127元

謎人俱樂部贈品兌換卡

我要選擇以下贈品（須符合印花數量）：☐A ☐B ☐C ☐D ☐E ☐F

1	2	3	4
5	6	7	8
9	10	11	12

【個人資料蒐集、利用及處理同意條款】

您所填寫的個人資料，依個人資料保護法之規定，皇冠文化集團將對您的個人資料予以保密，並採取必要之安全措施以免資料外洩。您對於您的個人資料可隨時查詢、補充、更正，並得要求將您的個人資料刪除或停止使用。

本人同意皇冠文化集團得使用以下本人之個人資料建立該集團旗下各事業單位之讀者資料庫，做為寄送出版或活動相關資訊、相關廣告，以及與本人連繫之用。本人並同意皇冠文化集團可依據本人之個人資料做成讀者統計資料，在不涉及揭露本人之個人資料下，皇冠文化集團可就該統計資料進行合法地使用以及公布。

☐同意　☐不同意

我的基本資料

姓名：________________

出生：________ 年 ________ 月 ________ 日　性別：☐男 ☐女

職業：☐學生 ☐軍公教 ☐工 ☐商 ☐服務業

☐家管 ☐自由業 ☐其他 ________________

地址：☐☐☐☐☐ ________________

電話：（家）________________（公司）________________

手機：________________

e-mail：________________

我對【東野圭吾作品集】系列的建議：

寄件人：

地址：□□□□□

北區郵政管理局登
記證北台字1648號
免 貼 郵 票
〔限國內讀者使用〕

105019
台北市敦化北路120巷50號
皇冠文化出版有限公司 收

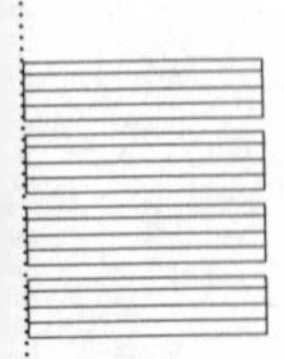